花
千
樹

再版

為自殺把脈

何定邦醫生　著

為自殺
把脈

目錄

為自殺
把脈

再版序

《為自殺把脈》一書寫於二〇〇七年，在二〇〇八年出版，書中說的「今天」、「最近」、「最新」，指的全都是〇〇年代，差不多是二十年前的事了。

二〇一八年中，我為《四點鐘的驚恐——探討兒童過度活躍症》修改增訂版之後，花千樹出版社詢問為《為自殺把脈》一書出增訂版的可行性。拿出初版再看一遍，當年（二〇〇七年）下筆時有兩種不同的意圖，一是寫給需要處理自殺問題的前線同工的工具書，另一是圍繞自殺現象，尤其醫學方面的探討。現在重看，初版的嘗試不算成功，游移在兩種角度之間，並沒能給讀者貫徹的閱讀經驗。為此書出增訂版的工作，並不僅僅是將過去十多年的進展加上初版便成，需要的可能還包括為此書重新定位，再組織如何將自殺的醫學觀點交代清楚，並與實務工作有更好的融合，這項工作牽涉的時間與挑戰，並不是我所能負擔，我也推辭了為此書寫增訂版的邀請。

二〇二三年出版社再來電郵，說有讀者詢問此書的事宜，認為此書仍有出版的價值，出版社要求為再版寫新的序言，把近年探討自殺現象的發展補上一筆。

根據世界衛生組織發表的數字，最近十年的全球自殺率徘徊在每年每十萬人十一宗左右，二〇一六年是十點六宗，比〇〇年下降

了百分之十八。自殺率並沒有如二十年前估計的持續惡化。今天自殺是排名第十的殺手，大概佔總死亡人口的百分之一點五。

整體自殺率穩定，卻掩蓋不了觸目的青少年自殺數字，現今十至十九歲青少年的全球自殺率，大概是 3.77/100,000，是全球青少年死亡人口的第四號殺手。世衞的數據清楚顯示，不同國家的青少年自殺率可相差幾倍，由 1.31/100,000（以色列）到 9.72/100,000（愛沙尼亞）。以最多統計數據的美國為例，十至十九歲自殺率是 5.91/100,000，全球排行第七，由一九九九年至二〇一四年的十五年間，美國十至十九歲自殺率飆升百分之二十四，比過去四十年還要高。二〇二一年美國疾控中心的資料顯示，十至廿四歲自殺率是 11.1/100,000，比二〇〇〇年增加百分之五十二，自殺已是美國青少年的第二號殺手。

過去十多年，香港的自殺數字，跟世界大勢相似，全港自殺率由二〇〇九年的 13.9/100,000 降至二〇二二年的 12.4/100,000，整體自殺率與世界人口的平均數字相差不遠；而青少年自殺率亦是明顯上升，在十五至廿四歲組別中，香港的自殺率由二〇一三年的 7.4/100,000 升至二〇二二年的 12.2/100,000，升幅是百分之六十五。簡單來說，香港的自殺率在過去十五年，跟世界趨勢相似，總人口自殺率穩定中稍降，但青少年自殺，卻不斷惡化。

年青人自殺率的冒升，可能與過去廿年，全球性互聯網與各種社交媒體的興起與流行，拉上點關係。

為自殺
把脈

今天在互聯網上，可輕易找到專門介紹自殺、比較各種自殺方法的網頁，上網尋找自殺方法猶如找食譜般簡單、直接。同一道菜可有不同味道的食譜，自殺網頁也提供痛與不痛、直接或間接、快與慢、不同致命程度的自殺方法選項。

近年有不少青少年，將自己的苦惱甚至自殺想法，在網上聊天室分享。姑勿論群組的意見是鼓勵還是反對自殺，更可能出現的是兩者兼備，聊天室並不是適合處理自殺問題的場合，聊天室更可能取代了年青人真正需要的求助途徑，爆炸性的問題一經提出，就不易消失，經過聊天室的一番討論後，提問的年青人面對群組的期待與壓力，可能覺得需要對自己提出的自殺有一個決斷。

網絡媒體的興起，也帶來了廿年前沒有的網絡欺凌。網絡欺凌比起以往的實體欺凌，不單普遍，也更嚴重，加拿大有四分之一的中學生說，他／她們曾被網上欺凌。在互聯網上，欺凌者可以不認識受害者，看不到受害者的臉和痛苦，而令欺凌可以更加肆無忌憚。不少調查指出，網上欺凌的受害者轉眼變成欺凌者，被欺凌時所受的冤屈與痛苦，一股腦兒憤怒地發洩在新的受害者身上。被害與加害，兩種身份交換出現，大家都分享了一樣由網絡欺凌帶來的情緒困擾、創傷、沮喪、對人失去信心和自殺風險。網上欺凌的受害者與正常對照組相比，企圖自殺多了零點九倍，而欺凌者的企圖自殺也多零點五倍。

　　年青人花在網上的時間比任何年齡組別都要多。上網找資料，而不看實體書。寧願網上聊天，也不與坐在隔鄰的朋友常面對談。網上交的朋友，可能比身邊認識的還要多、還要深。而由互聯網上衍生的自殺問題，也在年青人身上變得普遍。

　　二〇二〇年，新型冠狀病毒（COVID-19）席捲全球，影響無遠弗屆。除了身體健康外，COVID-19 還打擊了全球經濟、打亂了日常活動、削弱了過往一貫的醫療照顧、增加社交距離，由此帶來的焦慮、緊張、無助、情緒低落、因 COVID-19 失去至親和染上 COVID-19 的恐懼等，無一不是增加自殺的負面因素。一九一八年全球傳播的西班牙流感和二〇〇三年香港爆發 SARS 之後，都有自殺率上升的現象，自殺學家有充分的理由擔心，COVID-19 之後，會有接踵而來的自殺浪潮。

　　在 COVID-19 頂峯過去之後，自殺率的研究報告相繼發表，自殺數字並沒有預期的增加，相反，有不少國家或地區的自殺率不升反降。在自殺率上升的個別國家或地區中，增加的自殺在年齡、性別和階層的分布都不一樣，很難解釋自殺是由 COVID-19 所引起。整體自殺率沒有上升，當然並不代表個別特定群組沒有影響，現在沒有，但會不會有延後效應？相信仍有待更多的數據來說明。但迄今為止，COVID-19 並沒有增加自殺，又一次令全球專家們大跌眼鏡，自殺真令人摸不着頭腦。

　　由單一因素來解釋複雜的自殺現象，理念上可行，但完全沒有預測能力。利用多種高危因素（譬如失業、負債、抑鬱症、過往自殺紀錄、自殺的家族史等）一併預測自殺，同樣此路不通。根據過往的不斷嘗試和近年的整合分析，總結出以往預測自殺方法論的通病，是低陽性預測效度（positive predictive validity），造成誤認數以倍計沒有自殺危機的「高危人士」，和不足的獨特度（specificity），亦即大量真正自殺高危人士，未被篩選出來。傳統的預測自殺方法論，似乎已經走到路的盡頭。

　　能夠準確預測自殺，是預防自殺的不二法門。在傳統方法表現不濟的大環境下，近年卻有利用大數據及機器學習演算法來預測自殺的嘗試。好幾份初期的研究報告，預測自殺的精準度，都比傳統方法優勝，兼且發現：

　　一、不同群組要用不同的高危因素來預測自殺。舉例說，失業在成年群組可以有效預測自殺，但在老年群組，卻沒有預測自殺的功能。預測自殺的高危因素，可能要度身訂造。

　　二、在同一群組之內（譬如說青少年），可以有效預測短期之內（譬如說一個月內）或長期後（譬如說一年後）出現自殺的高危因素，並不相同。一些有效預測短期之內自殺的因素，並不能夠預測一年後出現的自殺，反之亦然。

　　針對第二項發現，不少專家近年修正解釋自殺行為的模型。傳統的自殺高危因素，往往是不變的（譬如說自殺家族史、性別、宗

教信仰等），不是沒用，但不能解釋自殺的即時性，為什麼自殺這一刻才出現，而不是一年前或三年後？在同一高危人士身上，自殺意圖並不是鐵板一塊、恆久不變，在不同時段，隨着生活的際遇、疾病的深淺，自殺意圖也可以上上落落。

要成功預測自殺，還需找出更多可以觸動自殺的近期轉變。要實現這目標的前提是，需要準確、實時、重複記錄自殺意圖，而不是回答「過去六個月內曾否自殺？」那種單一、過去式的粗糙量度。

要實時記錄自殺意圖，現在流行不少可穿戴式的電子儀器，正好大派用場。適當的 Apps，加上用家的配合，可以每日、甚至每日數次，記錄自殺意圖的變化，再與當近出現的負面因素，作時序上的縱向分析，希望可以部分補救傳統預測自殺方法論上的缺陷。

跟現時很多大數據、機器學習演算的應用一樣，用這方法來預測自殺，只是一個開始，相信在短期的將來，會有更多嘗試帶來更豐富的數據。但是單純由數據推動的預測自殺研究，就算有更精密的預測，該如何應用到前線預防自殺個案上？箇中的誤差、預防工作的涵蓋面和道德考慮，仍然有待探討。

二〇〇八年初版時，花了兩章介紹自殺的腦生理和遺傳基礎，如當年預料，自殺的腦神經科學在過去十年有蓬勃發展，刊登的論文愈來愈多，並非這方面的學者普遍有追趕不上、難以理解的感

覺，近年也開始有回顧、總結論文的出現，幫助各專家們把握這方面的發展。儘管如此，簡單瀏覽研究自殺腦神經科學專家的姓名，不難發現，他／她們並沒有與傳統的自殺學者有任何重疊。探索自殺猶如瞎子摸象，大家都摸索着大象的一部分而各自努力，彼此並沒有溝通對話，更遑論跨學科的探索。

自殺腦神經科學的研究，已經踏出了血清素（serotonin）的範疇，邁進了壓力荷爾蒙皮質醇（cortisol）、去甲腎上腺素（noradrenaline）、穀氨酸（glutamate）、氨基丁酸（GABA）、鴉片類受體（opioid receptor）、神經炎物質（neuro-inflammatory substrate）和腦神經生長因子（BDNF）等領域。探索自殺的基因，也隨着以上的腦神經物質而有所轉移。

在眾說紛紜當中，暫時比較一致的看法是，孩童時期經歷成長創傷（譬如遭受虐待），可以令皮質醇受體的基因甲基化（methylation），導致相關掌控皮質醇的下丘腦垂體腎上腺軸（hypothalamic pituitary adrenal axis）過分活躍，分泌過量皮質醇，繼而提高了患上抑鬱症和自殺的風險。

由於創傷性成長遭遇而導致基因甲基化，從而開啟／減低某些重要基因的功能，這種由環境改變基因功能的數據，並不止於皮質醇與自殺的研究，相似的主張與數據，也在自殺與腦神經生長因子、血清素，與壓力相關的腦蛋白研究中找到。

再複雜一點，由改變基因功能從而增加自殺機率的機制，亦

不只甲基化一種方法，另外提出及有數據支持的，還有微型 RNA（microRNA）和組織蛋白（histone）。不同機制牽涉不同的腦神經物質。

為免把尚未清楚掌握的現象說得過於龐雜，我們姑且可以暫時理解，導致自殺的腦神經機制可能不止一途，箇中牽涉多種不同腦神經物質。

自殺，古已有之。人既會自殺，也會殺人。早在有文字紀錄前，已經出現部族間戰爭，不單在戰場上殺人，也殺戰俘祭祀、強迫人殉。自殺與殺人，都可以是人性的一部分，並不完全是現代病態社會的副產品。

千百年來轉變的，不是自殺本身，只是如何理解自殺。一百年前，自涂爾幹的啟蒙，由社會秩序與個人聯繫來理解自殺開始，走到精神醫學、腦神經科學，到遺傳學來解釋自殺。現代自殺的研究，全都聚焦在如何理解、預測、處理、預防的大課題內，離不開數據化的分析。這種理論框架，跟研究大腸癌沒啥分別。在這視角下，自殺——一個深具人性的題目，失去了敘事功能，自殺故事的人味，也隨之消散。

何定邦醫生
二〇二四年四月

為自殺
把脈

初版序

自殺尋死的人，可能認定死亡是一切的終結。可是對他／她身邊的人來說，這只是事情的開始，痛失愛侶、親人、朋友，他／她們的生活，就此無法無奈地永遠改變。

自殺，這個問題不好寫。寫得太認真，令人沉重得透不過氣來；寫得太輕鬆，好像對自殺的人或他／她們的摯愛不敬。

不易下筆，但總想要寫。香港每天總有兩三個人自殺身亡，中國不幸地是全球自殺大國，企圖自殺的更不計其數。我的工作也離不開自殺這個題目，對精神科醫生來說，自殺有如鬼魅，如影隨形，總是揮不去的夢魘。

每個人都可以有自己對生命、死亡或自殺的哲學，但個人的看法，在處理別人性命時，必須讓位於事實。基於此，每位面對、處理自殺／自毀行為的同工，都有把握自殺現象的需要，專業的處理，並不可建基於一己的價值判斷或片面理解。

自殺只是一個現象，背後隱藏的，可以透過不同方法去理解。方法不同，找到的事實也可以不一樣，就猶如戴上有色眼鏡看人的行為，經過過濾的，都盡是要看的色彩，但仍是鏡片帶來的事實。不同的閱讀角度與方法，帶來的是同時並存、不止一個的真相。

　　《為自殺把脈》，就是從醫學，尤其是精神醫學的角度看自殺問題。過去四十年的自殺學，總離不開醫學對自殺的理解，這本書就是透過醫學的鏡片看自殺現象。醫學鏡片有它的盲點與局限，理解自殺，也不可能只有一個視點。知識浩瀚，書永遠讀不完，對生命的體會，也是無休止的樂章，今天雄辯滔滔的「真相」，明天可能不值一哂。但凡事總有開始的第一步，《為自殺把脈》就是這一步的註腳。

　　需要註明的是，本書的案例，全屬虛構，姓名、年齡、性別、背景、自殺經過與心路歷程，不是信手拈來、子虛烏有，就是過往聽過和讀過的片段，拼湊鑲嵌出來的故事，旨在說明論點而已。讀者應該體會到，現實生活要比虛構情節沉悶，或者可以說，精彩人生，總有點戲劇性的虛假，而虛構的創作，卻需要真實元素的點綴，才顯得動人，偶爾精彩的虛幻，可直達事實的核心。

　　在真與假當中，不同角度的審視，要尋覓的，正是文字背後、感嘆之餘，對尚未明確真相的摸索。世間事，在真相大白之時，總有點反高潮的意味，緊接原來如此之後的，不是句號，就是感嘆號，以自殺而言，我們面對的，卻可能是一串不大不小的問號。

何定邦醫生
二〇〇七年十二月

第一章

古已有之

（一） 由神話中的自殺開始

自殺並不是現代文明的產物，也不是某些文化的特定產品，在不同國度與年代，我們可以找到對自殺的紀錄、處理自殺的法例、探討自殺的文獻。回顧歷史，可以幫助我們了解現代社會對自殺的觀點的由來。

不同的古代文化，對自然、對生命常有一種混沌的敬畏和崇拜，對於未能理解的大自然現象，常有宗教情懷的膜拜。死亡經常被視為現世生命到另一個莫名世界的延續，生命並非由人掌握，而是上天的賜予，而生命的終結也是上天的安排。自殺是人類對生命的自我了結，往往被視為違反自然的規律，容易令人不安。

在希臘神話裡，自殺是經常出現的題材。以較為熟識的伊底帕斯（Oedipus）神話為例，當中便有四宗自殺。伊底帕斯是希臘神話中底比斯國（Thebes）國王 Laius 與王后 Iocasta 的兒子。Laius 年輕的時候劫走前國王的兒子，他因此受到詛咒會被自己的兒子所殺。為逃避詛咒，Laius 將剛出生的伊底帕斯丟棄在荒野，但孩子卻奇蹟地沒有死去，長大後，伊底帕斯在不知情的情況下，殺了他陌生的父親，也意外地拯救了底比斯國，成為國王，娶了他的母親 Iocasta 為妻，並誕下四名子女。自伊底帕斯成為國王後，惡運降臨，在先知的揭示下，伊底帕斯才知道他殺父娶母，應驗了父親生前受到的詛咒。母親 Iocasta 上吊自殺，伊底帕斯刺盲自己雙目，讓位給他的兩個兒子。可是兒子不和，互相攻擊，並雙雙死

在戰場上。舅舅 Creon 登位，成為國王，並下令不准伊底帕斯的兒子下葬。伊底帕斯的女兒 Antigone 抗命被擒，在被罰前，上吊自殺。Antigone 的未婚夫就是國王 Creon 的兒子，他趕到墳前，將自己的父親殺死，然後自殺。國王 Creon 的妻子，知道兒子弒父然後自殺，也相繼自殺而死。一個神話，便有為羞愧、親情、愛情及悲憤自殺的故事。希臘神話，神靈眾多，訴說的情節雖然超乎自然，背後反映的，卻是以人為軸心的衝突，自殺、弒親、逆倫，一再出現。在神話裡，生命無法擺脫命運的操控，人性飽受倫理與感情的煎熬，自殺不是終結，只是另一悲劇的序幕。

二千多年前，古希臘社會實行的是城邦制度，市民有為社會服務的責任，自殺被視為逃避責任和對國家冒犯的不榮譽行為。希臘哲學家阿里士多德（Aristotle）認為，每一位市民應有追求美善與道德生活的目標，自殺不單冒犯國家，也是自我價值追求的排斥，被視為一種懦弱行為，但是在哲學書籍裡的懦弱行為，在戰場特定的時空下，卻可以變成可歌可泣的事跡。

公元前八世紀，古希臘荷馬（Homer）的史詩，就有對士兵戰敗、不甘受辱而自殺的歌頌。荷馬古詩記載的，是木馬屠城前後發生的故事，而遭受屠城的特洛伊（Troy），雖然被考古學家考證在現今土耳其的西北面，屠城故事，年代湮遠，且交織神話與傳說，也未知是否屬實。

真正有史跡記載為戰敗而自殺的例子，有馬薩達（Masada）失陷的歷史。馬薩達在現在以色列的國土，西臨死海，易守難攻。

為自殺
把脈

公元七十三年的春天，羅馬士兵在圍城三個月後，終於攻陷該城，發現城中近千多名猶太人為免戰敗而受凌辱和變成奴隸的命運而集體自殺。馬薩達之戰，是猶太人與羅馬帝國的第一戰，也是為戰敗而集體自殺的案例。有學者認為，以猶太教並不允許自殺的信仰來看，守城的猶太人並非自殺，而是當時城中領袖 Eleazar Ben Yair 在城陷之前，命令守軍抽籤互相殺害對方。現今的馬薩達遺址，成了猶太人的聖地，也是聯合國教科文組織（UNESCO）認定的世界遺產之一。「馬薩達不再淪陷」，是現今以色列青年誓言保衛國家的口號。

在同一時期的古羅馬，也有另外一宗為國捐軀自殺的記載。公元前四十六年，古羅馬共和國（Roman Republic）的政治家加圖（Cato）與當時權傾朝野的凱撒（Julius Caesar）不和。為抵抗凱撒的野心，加圖糾集了當時元老院的殘餘勢力反抗，終告失敗。凱撒成了新的獨裁者，變成了凱撒大帝，結束共和，加圖則逃到現在位於北非利比亞的 Utica。加圖不願意在羅馬帝國統治下生存，更不能接受凱撒對他的領導，最後用劍自裁而死。歷史上，加圖被認為是為自己的信仰抱負而自殺的勇士，是古羅馬共和國的烈士。在但丁的《神曲》裡（見後文），加圖雖是自殺，卻被視為殉道，是七大罪山峯的看守者，並不因為自殺而受到第七層地獄裡的折磨。

今天我們無法證實二千多年前的西方文化發源地古羅馬和希臘對自殺的想法，僅剩的只是片斷的傳說和有限的記載，並不全面。

在僅有的資料裡，可以看到的是，自殺在那個年代，是洗脫自己羞愧的手段、為親情愛情犧牲的方法、為戰敗尋回尊敬的舉動、為信仰自由成為烈士的榮耀。二千年前的古羅馬，並沒有任何懲罰自殺的法例，有的僅是現任僱主對自殺奴隸的前僱主，討回金錢上的損失，自殺的刑罰只限於奴隸，亦只着眼於退款。

在加圖為信念、為國家自殺捐軀的二百多年前，在中國的土地上，也有類似的歷史人物。公元前二九九年，楚國大夫屈原被楚王貶黜到南方蠻夷之地。他為楚國的腐敗而失望，也傷感自己因忠心進諫而獲罪，在獲知楚國國王戰敗被擒後，投汨羅江而死。二千年後的今天，在屈原投江自盡的忌日，我們仍然有划龍舟、裹糉子的端午節傳統，來紀念這位忠臣。

一千五百年後，公元一二七九年，南宋大臣陸秀夫與年僅八歲的宋朝的最後一個皇帝趙，在崖山受元兵追迫，寧投海而死，也不願受蒙古人的侮辱。宋朝的最後一位太后知道趙已死，亦投海自盡。南宋的最後一位宰相文天祥被擒，在南宋亡國後三年，仍寧死不降。在中國的史籍裡，文天祥與陸秀夫是為國盡忠而死的典範，為後世歌頌敬仰。

在中國歷史裡，大臣為盡忠自殺而被歌頌為忠臣，成為家喻戶曉的人物，而女子則為盡孝，守婦道，為子女、丈夫犧牲自己而成為模範。漢朝的《烈女傳》便記載不少婦女為保貞節，自我傷害，甚至自殺的例子。《烈女傳》也成了此後歷代中國婦女學習膜拜的標準。

為戰敗而自殺的中國歷史人物也有不少，較為出名的可能是項羽和崇禎。公元前二○二年，戰無不勝的西楚霸王項羽，在劉邦和韓信的夾擊下，兵敗於垓下，奔到烏江，只剩二十六騎，慨嘆無面目見江東父老而自刎。公元一六四四年，明朝最後一位皇帝朱由檢（亦即崇禎皇帝），在李自成大軍攻入北京城後，將子女妃嬪賜死，然後在煤山自縊而死。朱由檢死前，在罪己之餘，還怪責群臣有負所託，置國家於危難之中。與西方觀點不同，中國歷史學家對於這兩位亡國之君，兵敗自殺，雖免受屈辱，仍頗多貶斥，項羽經常被說成只有匹夫之勇而無謀略的莽將，而崇禎則被形容為庸碌無能之輩。

（二）懲罰自殺

在西方古羅馬帝國時期，教廷對自殺的立場逐漸形成，經過教派的分裂與辯論，觀點也愈來愈清晰。當時的羅馬帝國對基督教有殘忍的鎮壓，有教徒被捕、入獄、遭處死，或被迫交出《聖經》，宣布放棄信仰，亦有教徒因迫害自殺。公元三一三年，羅馬帝國的君士坦丁大帝（Constantin the Great）頒布米蘭詔書，承認基督教為合法宗教，為宗教殉道的自殺漸減，可是教廷不同派別對兩類教徒的態度，都有頗為尖銳的分歧：一類是曾受迫害、一度表現「不忠」於信仰的教士，另一類是頗為狂熱忠貞而殉教自殺、且一度被稱為烈士的教徒。

　　公元三四八年，教廷首次對自殺表態，教廷的 Council of Carthage 認為自殺不可接受，亦禁止將自殺者視為烈士。公元四世紀，對基督教教義深具影響力的神學家聖奧古斯丁（St. Augustine）認為，人的生死是神的賜予，而自殺是個人取代神，對生命終結的決定，被視為對神的褻瀆和一種不能饒恕的罪孽。

　　公元四五二年，教廷的 Council of Arles 議決將自殺者的家財充公。在追尋到的中世紀文獻裡，可以找到沒收自殺兇器的紀錄，也有充公自殺者家產的記載。當年英格蘭的法例，容許執法人員在每一宗自殺裁決中，收取十三先令的報酬，再加上對自殺者家產的充公。也難怪從當年充公的清單紀錄看，自殺者經常是來自頗為富裕的階層，令人不禁懷疑，中世紀的自殺裁決，可能有經濟誘因。從當年的文獻裡，亦可找到自殺者家屬企圖掩飾自殺及偷去自殺者財物避免充公而被捕的案例。將自殺者財物充公的法例，在當年的英格蘭、荷蘭、挪威等國都可以找到。

　　公元五六三年，教廷的 Council of Braga 議決不容許自殺者的葬禮有任何宗教的禮儀，神職人員也不准替自殺者主持葬禮。對自殺者葬禮的懲罰，在十八、十九世紀，逐漸有所改變，一八二三年的英國、一八六八年的芬蘭，開始容許自殺者在晚上九時到午夜時分，在沒有宗教儀式下下葬。

　　除了禁止宗教儀式外，下葬地點也有規定與懲罰。始自公元五世紀，教廷並不容許自殺者在教堂下葬。中世紀的法例，通常只容許自殺者葬在墳場的一隅。此外，源自十三世紀，可以找到自殺者

須葬在鄉郊十字路口的法例規定。隨着鄉鎮與城市的發展，十三世紀的鄉郊十字路口，到了十九世紀，變成交通要塞，十字街頭的重要性，已容不下自殺者的身體。一八二三年，二十二歲的英國法律系學生 Abbel Griffiths 在殺死父親後自殺，被裁定埋葬在現在倫敦維多利亞車站的十字路口之下；同年上議院勳爵自殺，卻容許葬於西敏寺中（見後文），當時惹起極大爭議。英國政府同年修改法例，規定殮葬必須在墳場進行，Abbel Griffiths 可能是因自殺被埋在十字路口的最後一人。

中世紀視自殺如洪水猛獸，對自殺者死後屍身的侮辱也屢見不鮮。早在公元一二八四年，便有將自殺者屍身遊街示眾的紀錄，或斬下屍體的手掌以示懲罰。中世紀的習俗經常在自殺者屍體的胸口插上木樁，據說可以防止自殺者的靈魂離開身體。在芬蘭則有焚燒自殺者屍身的法例。在荷蘭，自殺者的屍體不准由門口運出，而要鑿牆吊出屋外，並在公眾地方懸掛焚燒。猶太人則有讓自殺者屍體曝曬至太陽下山的習俗。近至一八七三年，新西蘭居民 Ann Folles 被發現吊頸自殺，旁觀者讓屍身懸掛差不多兩天才解下來，牧師亦拒絕為她作安息祈禱。

除了對自殺者的懲罰外，法例也對企圖自殺的人有所制裁，十七世紀的挪威，對逃避刑責而企圖自殺的人判以終身奴役。十八世紀的芬蘭，企圖自殺者可被判入獄或笞刑。十九世紀的法國，企圖自殺者的刑罰是入獄兩年。到了一九六六年，以色列才取消企圖自殺者入獄三年或罰款的法例。

對自殺者的懲罰，只有在當事人精神不正常的情況下，才有較寬大的處理。在法例上，自殺等於對自己的謀殺，處理可等同或甚至比謀殺犯（felons de se）更為嚴厲。可是精神錯亂的人，被認定為沒有蓄意傷害自己的意圖，而不用負上法律責任（non compos mentis），在判例上，亦有將此類案件歸類為「意外」，免受懲罰。據英國的文獻記載，non compos mentis 佔全國自殺人口的比例，由十三、十四世紀的數個百分點，逐步升至十七世紀的百分之二十，至十八世紀的百分之八十以上。可以說法庭判決使自殺者免受刑責，由十七、十八世紀開始，變得普及。一八二三年，曾任英國外交部長的上議院勳爵 Lord Castlereagh 割喉自殺身亡，被裁定精神錯亂，而允許葬於西敏寺中。

對自殺非刑事化的主張，可追溯至十七世紀中葉。文獻記載，一六五三年，英國政府曾考慮取消自殺者財物充公的法例，可是檢討之後，不了了之。同期英國法庭對自殺者財物充公的判例明顯減少。十八世紀初期，英國小說家 Daniel Defoe（也就是《魯賓遜漂流記》的作者）發表評論，認為不能因為父親自殺而充公他的財產，令家中孩子捱餓，可是 Defoe 當年因諷刺英國政府而銀鐺入獄，他的觀點也未受重視。

一七八二年，美國的傑佛遜（Thomas Jefferson, 1743-1826，美國獨立宣言的撰寫人和後來的美國第三任總統），就嚴苛的自殺法例，向當時的維珍尼亞總督投訴，認為自殺者家屬不應受到因家人自殺而剝奪他們家產的懲罰。法國大革命時期，曾一度將

針對自殺者的法例取消，可是在拿破崙被推翻後，這些法例捲土重來。一八九三年，新西蘭脫離英國殖民統治，成為西方第一批讓自殺脫離犯罪行列的先行者國家。二十世紀初期，見證了西方各國逐漸取消有關自殺的刑法。直到一九六一年，在英國自殺，仍可能被判有期徒刑十四年。愛爾蘭在一九九三年，才將自殺非刑事化。在今天的印度和巴基斯坦，自殺仍然可以是刑事罪行。

從今天的角度看，中世紀對自殺者的懲罰不可謂不重，然而儘管法例嚴苛，自殺從未有因刑重而消失。自殺的人可能並不畏懼死亡，奈何法律卻施以死後的懲罰與羞辱，更禍及尚有喪親之痛的家人。

（三）由但丁到歌德

中世紀的西方秉承了早期教廷對自殺的觀點，並以神學家阿奎納（St. Thomas Acquinas, 1224-1274）為最具代表性的人物。而阿奎納的追隨者但丁（Alighieri Dante, 1265-1321），對自殺則有頗為戲劇性的描寫。

但丁是意大利佛羅倫斯的詩人，失意於當時的政局，在被放逐的日子裡直到死前，寫下了著名的詩篇——《神曲》（*Divine Comedy*），《神曲》共分三章，由進入九層地獄到攀越代表七大罪的山峯（七大罪分別為驕傲、貪婪、色慾、憤怒、貪食、嫉妒和怠

惰），洗滌罪孽後才抵天堂，見到神的美善。在〈地獄篇〉，但丁對人類因生前犯下的各種罪行而必須受到的應有懲罰有細緻的描寫。而自殺的罪人對神和人都犯上了不能饒恕的罪，處境比異教徒與謀殺者更不堪，自殺罪人在第七層地獄裡，變成了被希臘神話妖獸（一種半人半鷹，專門偷搶人類靈魂的妖怪）不停啄食而呻吟的樹木，樹身只具皮囊的空殼而沒有真正的肉身。

詩人的筆觸，當然帶有他本人的感情和想像，亦反映當時中世紀對自殺有不可救贖的看法。但丁在世時，雖然失意，但他死後，卻深具影響力。始建於一二九五年的佛羅倫斯 Santa Croce 教堂內，就有但丁的紀念墓碑，碑旁就是意大利文藝復興巨匠米高安哲奴（Michelangelo Buonarroti）的埋身之所，教堂內安葬的，盡是意大利當代俊彥，但丁冰冷肅殺的全身雕像，現在仍立在教堂外，俯視數百年不變、不大不小的 Santa Croce 廣場。

但丁的《神曲》在往後的幾個世紀裡，經常是不同文化藝術領域創作的泉源。近代法國著名雕刻家羅丁（Auguste Rodin, 1840-1917），更為《神曲》造像，名為 *Gates of Hell*，現存於巴黎的羅丁博物館。造像為一道門，門上雕上在地獄裡受苦的罪人，這些雕刻有不少是後來羅丁造像的原始素材，例如著名的 *The Thinker*。在通往地獄之門，但丁寫下了「Abandon all hope ye who enter here」。在詩人的眼中，自殺的人不單放棄一切希冀，進入煉獄，他們沒有靈魂的軀殼，也不斷受到折磨。

為自殺
把脈

　　儘管法例對自殺者的懲罰延續到十九世紀，西方文學對自殺的描繪，在文藝復興後卻有比較寬鬆的處理。十六世紀的英國大文豪莎士比亞（William Shakespeare, 1564-1616），在他的全盛時期寫下了一套又一套的悲劇，其中不乏自殺收場的角色，包括羅密歐與朱麗葉的殉情自殺；《哈姆雷特》（*Hamlet*）裡的 Ophelia 在對父親的忠誠與對哈姆雷特的愛情間掙扎，自溺而死；奧賽羅（Othello）殺死懷疑對自己不忠的妻子，感到懊悔而自殺；麥克白夫人（Lady Macbeth）為自己野心未能洗脫闖下的罪孽而自殺；李爾王（King Lear）的女兒 Goneril 出賣丈夫的計劃曝光後自殺；還有《凱撒大帝》（*Julius Caesar*）裡，Brutus 出賣朋友凱撒，兵敗後自殺等。據統計，莎士比亞的九套悲劇裡，共有十四宗自殺。

　　在莎翁筆下，自殺的主題與動機，林林總總，不一而足，在善於描繪複雜性格的作品裡，作者並沒有對自殺作單方面的譴責。相反，自殺成為對道德難題、人性弱點和複雜感情間取之不盡的題材。以莎翁當年在英國受歡迎和重視的程度，似乎顯示，自殺並不是需要迴避的主題。而觀眾／讀者在大文豪筆下得到的，不單是感情的滿足，也有對不易有絕對對錯的問題恆久的回味與思考。有趣的是，大文豪筆下的自殺，大部分只是在文筆間交代，只有少數展現在舞台之上。而自殺的角色，不少是來自英國以外的人物，不知是劇情使然，還是莎翁要將自殺「隱閉」或變成「舶來品」，令本土觀眾易於接受。

在十六、十七世紀相交的日子裡，與莎士比亞同期的英國詩人唐尼（John Donne, 1572-1631）在他的著作 *Biathanatos* 裡質疑自殺是否須要譴責，更舉問耶穌基督的自願殉道，被釘上十字架而死，是否屬於自殺的一種。耶穌是否自殺而死，對唐尼是深具爆炸性的疑問。須要知道的是，唐尼的身份並不僅是詩人，他出身自宗教世家，三代前，他母親的家族就因拒絕接受英王亨利八世（Henry VIII, 1491-1547）的宗教領導而被斬首。唐尼十一歲就讀於牛津大學，二十歲在倫敦的 Lincoln's Inn 讀法律，五十歲在倫敦聖保羅大教堂（St. Paul's Cathedral）傳道，直至過身，現在在聖保羅大教堂裡，仍可找到他的造像。身為宗教領袖而質疑耶穌是否自殺，難怪他在他的著作 *Biathanatos* 於一六〇八年完成後，似乎沒有公開發表的打算，只在他的好友間傳閱。在唐尼過身十六年後，該書才由他的子女代為出版。

傑佛遜在美國為自殺者家屬發言的同一年代，大西洋彼岸的法國發生了震撼整個歐洲的法國大革命，既有的封建皇朝受到前所未有的挑戰，最終被摧毀，傳統的價值觀被質疑，在音樂、政治、哲學等領域，歐洲開始興起了崇尚自然、擺脫枷鎖、追求自我、強調感覺與想像的浪漫主義。這個年代，對自殺觀念有深遠影響的作品，莫過於歌德（Johann Goethe, 1749-1832）的《少年維特的煩惱》（*The Sorrows of Young Werther*）。

歌德出生於法蘭克福。一七七四年，這位二十四歲的律師出版了很可能是取材於他自己遭遇的小說——《少年維特的煩惱》。

小說中的維特是一位熱情、多愁善感、但又不滿現實的少年，遇上他傾慕的女子而不可得，感情上幾番掙扎，在既被拒絕而又未能放棄苦戀下，維特向他的情敵借來了手槍，了結了自己年輕的生命。《少年維特的煩惱》是歌德第一部成功的小說，書中真實細緻、近乎自傳式、澎湃而毫無保留的感情描繪，一瞬間征服歐洲整代年輕人的心，小說成為當年的暢銷書，歌德變成了家喻戶曉的人物，貴冑爭相邀請。可是與少年維特穿著相同服飾，攜帶小說，並用同一方法自殺的個案，相繼在歐洲出現，這現象被廣泛引申為模仿自殺的先例。

小說裡維特的自殺及其後的社會反應，反映了當時歐洲社會已拋棄了自殺是禁忌、是須要懲罰的看法，自殺被描寫成熱切追求但絕望後尋求解脫苦惱的行為，可以理解、接受，甚至欣賞和模仿。自殺變成了個人釋放自己厄困的可能選項，在維特面前，宗教價值、國家責任、法律制裁，彷彿都不再相干。

（四）醫學觀點的出現

在歌德之後的一百年裡，西方各國陸續展開了工業革命，在新建立的城市裡，貧窮、犯罪、失業、污染、疾病，比比皆是，高速而不平均的社會發展和惡劣的居住環境，帶來了種種適應和健康問題。科技的發展也容許將各種社會現況與疾病，作科學化數據分

析。由社會轉變導致種種適應困難、健康問題和疾病的想法，也被廣泛接納。十九世紀也標誌着包括鼠疫、霍亂、瘧疾及肺癆等各種傳染病病菌的相繼發現，強化了由社會環境到疾病聯繫的理解，而精神病與自殺，也在這大框架下變成了有社會根源的問題，自殺可以是社會問題的縮影，是適應生活壓力的問題，是精神健康問題的表徵。

雖然有精神問題而自殺的記載，在古籍中可以找到，但當年對精神病的概念，只限於行為非常怪異和精神錯亂的案例，在中世紀的文獻裡，就只有少數記載因精神錯亂「意外」傷害自己致死的案例。真正將自殺與疾病掛鈎的看法，始自十七世紀，與莎士比亞同期的英國牛津學者 Robert Burton（1577-1640），在一六二一年出版了 *Anatomy of Melancholy* 一書，作者根據自己的病歷和回顧以往的文獻，將抑鬱症（melancholia）的病徵、各種不同病態的表現方式、病者的思考和認知方法以及疾病的成因作系統性的探討。*Anatomy of Melancholy* 不單成為當年廣被討論的書籍，也是西方對認知科學與抑鬱症探討的經典著作。自殺不再是罪孽而是抑鬱症的表徵，自殺不應再受制裁而是需要被明白，自殺者不再是罪犯而是病人。

十九世紀對自殺問題看法的轉變，可以從當年精神病醫院的發展反映出來。一八〇八年，英國政府授權各郡縣建立公立精神病院，精神病院的成立，從來未能滿足當時的服務需要而有人滿之患，只有二百病床的病院，接收多至四百病人，英國政府為保障病

人得到適當照顧，在一八四五年通過法例，規定病院院長必須由醫生出任，入院病人必須被證實患上精神病，和每年遞交包括自殺在內的死亡人數。

以一八六七年六月開幕的 Brookwood Asylum 為例，該院在英國南部鄉郊地區，照顧貧窮的南倫敦（Camberwell、Lambeth、Southwark）居民為主，佔地一百五十英畝，有病床六百五十張。啟用不久，設施已不敷應用，要在病院旁，再增購五十七英畝地擴建。啟用的頭十五年裡，共有七千一百九十一人入院，病者以五十多歲為主，大概三分之一 Brookwood Asylum 的病人住院超過五年。入院最常見的途徑是病者家人要求法庭把病者轉介到病院治療，大概三分之一要求入院的原因，是自殺問題需要入院醫治。當年的病院文獻裡，有病者家屬的書信，詳細描寫病人的重複自殺行為，懇求病院院長長期照顧病人，也有住院病人不斷要求院長批准出院的申請紀錄。

根據一八八一年的紀綠，在精神病院自殺身亡的病人共二十三人，以當年英國每年大概一千五百宗自殺來說，每年在精神病院自殺身亡的人佔總自殺人數百分之一至二左右，比今天的為低，同樣的比率在今天的英國是百分之三點五，加拿大蒙特里爾是百分之三點六，香港則是百分之三點八。

當年精神病院的發展和服務，具體記錄了病院成為醫治自殺問題的地方，法庭由懲罰自殺者，逐漸變成了轉介病者到病院接受治療的法定機構。

　　由於大量自殺病人進入精神病病院治療，而病院院長必須是醫生，加上當年工業革命帶來的科技與科學的長足發展，十九世紀，見證了大批當年的精神科醫生對自殺及相關精神問題的研究的誕生，部分更成為經典著作，流傳至今。當年著名的代表人物，包括香港精神科醫生比較熟識的 Henry Maudsley（1835-1918）。Maudsley 是精神科醫生，年青時接管他的外父 John Connolly（也是英國醫學會的創辦人之一）在倫敦西面的私人精神病院，一八六二年當上了 *Journal of Mental Science*（亦即是現在的 *British Journal of Psychiatry* 的前身）的編輯，一九○七年，他捐款三萬英鎊，在倫敦南部創立以他名字命名的 Maudsley Hospital。過去一百年，Maudsley Hospital 成為全英國研究精神病的重鎮、歐洲最大的精神病研究所，是很多英美醫科大學精神科教授出身的「少林寺」，也是早一輩眾多香港精神科醫生往英國深造之地。

　　自殺，由十八、十九世紀開始，逐漸變成了精神科醫生須要面對、研究和解決的臨床課題，這現象並不單在英國發生，在法國、意大利、德國、挪威也有相似的發展和當時得令的代表人物和著作。以法國為例，一八四三年創立的權威精神科刊物 *Annales Medico-Psychologiques*，在創刊的頭十五年裡，便找到一百三十八篇研究自殺現象的論文。

　　除了精神科醫生對自殺問題的探討外，十九世紀亦見證了大批學者利用當時搜集的數據將自殺現象作系統性的分析，隨手拈來，

可以找到自殺與年齡、性別、職業、地域、婚姻狀況、宗教信仰、居住情況和入獄等關係的數據分析，嘗試尋找人口的某些特徵與自殺的關連，從而推斷自殺現象背後的社會基礎。

一八九七年，被譽為社會學之父的法國社會學家涂爾幹（Emile Durkheim, 1858-1917）出版了《自殺論》（*Le Suicide*）一書，提出社會結構的緊密鬆散與個人聯繫，可以解釋自殺行為的觀點，並將自殺分成利己（egotistic）、利他（altruistic）和失範（anomic）三種。在涂爾幹眼中，自殺並非個人行為的選擇或問題，而是社會力量在個人身上的顯現，他的《自殺論》，一直被視為自殺學中劃時代的經典著作。直到近年，才有學者開始質疑，涂爾幹只是當年地位顯赫，將眾多學者的研究，作選擇性的引用，以配合他提出的社會學觀點。

《自殺論》的英文譯本，在一九五二年出版，不知是原裝法文的風格還是翻譯的緣故，譯本行文頗多轉折，較為枯燥。書裡開始的第一、二章，將自殺的個人因素，說成微不足道，相信現在大部分對自殺學有認識的學者都不能苟同。可是作者將自殺用廣泛數據分析，探討自殺背後的社會規律，則延續了當年對自殺數據化的研究，也開創了現代流行病學對自殺研究的先河。

由十九世紀到今天，自殺愈來愈變成一個跨越學科的命題，研究也趨向客觀、抽離與學院化，而且逐漸擺脫對自殺的價值批判。現代社會視自殺為公眾健康問題，需要政府動用公共資源面對與解決的困難。

（五）自殺的歷史問題

談自殺的歷史，不能忽略當時的社會文化背景，檢視不同文化對自殺的觀點與習俗，不難發現它們既有相似，亦有差異。

以西方人認定似乎非常重視自殺的日本為例，剖腹自殺幾乎成為日本獨特的文化符號。根據歷史學家的考究，剖腹自殺可能源自十二世紀。到十五至十七世紀，在日本戰亂的時代，武士為求表示對主子盡忠，表現視死如歸的氣概，和逃避被擒受辱的命運，在戰敗時，可以有剖腹的選擇。日本人的剖腹歷史，離不開日本文化並沒有強烈譴責自殺的背景，也源自日本武士為榮譽，為盡忠，而維持統治者管治權威的文化傳統。

日本人自殺的另一常見討論，便是神風特攻隊。在二次大戰末期，太平洋戰爭已近尾聲，日本海軍為求擺脫迫近眉睫的戰敗，由機師駕駛載滿炸藥的戰機撞擊美國海軍艦隻，企圖同歸於盡。「神風」一詞，並非意味自殺，其實是指十三世紀中國元朝忽必烈海兵攻打日本時遇上的颱風，此颱風令日本本土免受一劫。從紀錄看，並非所有神風特攻隊的作戰都是自願的，有不少是被強迫執行任務，並不可以視為自殺；縱使在自願的情況下，這種在資源匱乏下，以僅有的作戰工具，尋求對敵人作最大傷害，並以一己之軀作致命武器的，並非日本人的專利。近年的伊拉克人、巴勒斯坦人自製人肉炸彈的自殺式作戰方法，與六十多年前日本人的神風特攻隊，如出一轍。

為自殺
把脈

　　利用自殺或傷害自己身體以示抗議、鬥爭的手法，在不同文化，也可以找到蹤影。印度聖雄甘地便以絕食求死以阻止當年印度教教徒與伊斯蘭教教徒的內戰。印度與不少其他文化相似，雖然宗教上並不容許自殺，但也有歌誦面對戰敗寧願自殺而不降的戰士。在中古時期，印度婦女有避免被俘虜受辱而自焚的記載，亦有為求與已經過身的丈夫重逢而自焚的習俗。在印度的貧窮農村裡，寡婦自焚卻可以變成了防止「不事生產」的婦人浪費寶貴資源的手段。

　　類似以自殺手法來節省僅有資源的現象，在愛斯基摩人的傳統裡，也有所聞。散居於現今阿拉斯加北部、加拿大北極圈與格陵蘭一帶的 Inuit 部族，長年與寒苦天氣鬥爭，造成崇尚獨立、自給自足的性格，雖然平時尊敬年長一輩，但在食物極度缺乏的時候，未能打獵的老人，會被視為部落的負累，而有被遺棄在雪原的悲慘遭遇。相傳，Inuit 部落的老人家，在三次重複自我要求遺棄後，他／她的子女便有只給予小量食物，然後放逐老人的習俗。

　　有人說，誰掌握現在，誰就控制過去，着眼的，當然是指今天掌權的統治者有解釋、詮釋歷史的優勢。由今天看二千年來自殺的歷史，多少未能避免從現今理解自殺的角度來月旦當年的局限，但在回顧的過程中，也可了解到，從希臘神話到今天，社會對自殺的觀念與態度，隨着當時的文化歷史而轉變，對自殺的法律、習俗與處理，也因應時勢而有所變遷。在可追尋的記載中，充分反映對自殺的觀念，並非鐵板一塊，雖然在一時一地，可以找到概括的脈絡，但更多時候，自殺更像多面立體的雕塑，在不同時空、環境、背景與角度下，同一現象可以有相異並存的觀點與看法。

　　畢竟自殺是一種死亡方法，談到死亡，總不能迴避人生為何這類抽象和令人不知所措的難題。死亡，強迫我們去面對與挑戰自己的價值判斷、希望、恐懼與心底的情意結，更何況，自殺是人主動把死亡帶到跟前，挑戰變得更加尖銳，由此而折射出的感覺與情緒反應，也愈加強烈。

　　中國人說身體髮膚受之父母，將一己的皮膚與頭髮，也視為父母所賜，須要珍而重之，傷害自己，甚至自殺，當然是對父母的大不孝，中國傳統觀念是，百行以孝為先，不孝，個人的品德也無從說起。可是當子女為了對父母盡孝、臣子對君盡忠，或對夫妻、朋友盡義，而須要自我犧牲的時候，自殺就變成了情操高尚的行為，自殺者深受尊敬，且成為一代表率；為一己雄心壯志、謀略失敗而自殺的，中國傳統的評價，並沒有如前者般慷慨。至於那些在尊卑分明下，受盡屈辱，無法辯解，以性命作抗議，甚至報復，含冤怨憤自殺的，中國人有莫名的駭怕與排斥，不少民間故事把這類自殺者，描寫成冤魂不息的厲鬼，無處棲息，且經常騷擾陽間，總要苦苦討回公道，自殺之地當然變成了不潔不祥之所。

　　似乎傳統上，中國人對自殺的評價，總離不開從人與人親疏從屬的關係與這關係理所當然的相處之道中考慮。如果自殺是服膺於這種文化規範下的相處之道，便容易得到諒解、褒獎、讚揚，彷彿死得其所。如果自殺是以下犯上，以卑壓尊的手段，無論有何種背景，總被視為有乖倫理，受到排斥，自殺也只會受到譴責。

為自殺
把脈

中國的發展中，並沒有如西方般強大的教廷，對自殺，也沒有如西方認定，是不可饒恕的觀點。佛教是在中國影響力較大的宗教，佛教視生命無常，認為人必須面對生老病死，死即是生的一部分，佛教對死亡並沒有忌諱，既然人生只不過是過客，死亡也不是一切的終結，自殺亦不能逃避什麼。佛教反對殺生，也當然不贊成自殺，但面對自殺，佛家着重的，似乎並不是自殺的動機，而是自殺者，能否達到靈性上的平和與解脫。中國的佛教，並沒有如西方教會的嚴謹組織，對社會發展發揮重大影響，亦沒有將宗教的教誨，套入律法當中。沒有宗教的強烈觀點，中國也不易找到如西方但丁的《神曲》，對自殺鞭撻救贖的文學作品。

過去五百年，西方由文藝復興到工業革命，最終發展出科學探索之路；中國的發展，卻不是循着相似的路軌前進。對自殺的概念而言，西方由宗教，轉到醫學和社會科學的範疇探索，慢慢形成了對自殺的系統性科學研究，中國對自殺的觀念並沒有相似的轉移。自殺是精神健康問題、心理異常這一概念，似乎只是源自西方，並未有在中國扎根。

自殺，古已有之。歷史可以是自殺的鏡子，探討自殺的歷史，就像透過每個時空的特定社會文化，探討對自我終結生命的看法；倒轉過來，在鏡子看到的影像，也是對生命價值和意義的質疑，每個年代，都有他的哲理、局限、扭曲和處理方法。認識自殺觀念的

基礎、演變與由來，可以幫助我們擴闊對自殺概念的探討，將今天的觀念，放進歷史的時空與特定的社會文化背景考慮，也可以是認識自殺、預防自殺的第一步。

第二章

一個世界性的問題

（一） 由一百萬開始說起

世界衛生組織（World Health Organization）估計，公元二千年，全球有一百萬人自殺身亡，因自殺而死的人數，比全球因軍事衝突而喪生的還要多。在三十五歲以下的人口裡，自殺往往是常見死因之一。每年一百萬的自殺人數，差不多等於每三十秒一個，亦即是說，完成閱讀這段文字的時間裡，世上便大概有一人，自殺過身。

每年一百萬自殺人數，約等於每十萬人口便有十六個自殺，相比上世紀五十年代，全球的自殺率約為每十萬人口十個，在這五十年裡，自殺率上升了百分之六十。世界衛生組織的專家更估計，全球自殺人數，到了公元二〇二〇年，會冒升到一百五十萬。

自殺人口不僅增加，更有年輕化的趨勢，五十年前，四十五歲以下自殺的人數，佔全球自殺總人數約百分之四十五，今天，這個數字，已變成了百分之五十三。

根據世界衛生組織的數據分析，全球各地的自殺率有頗大的高低分別。打開世界地圖，按自殺率高低將國家或地區分成不同顏色，便有如圖 2.1 的結果。以平均每年 16/100,000 自殺率來分類，會發現東歐、部分西歐國家和中國內地的自殺率，都在平均數之上，而南美、北美、澳紐、印度的自殺率，都在平均數之下。空白的，亦即是世界衛生組織沒有數據的地區，多在非洲、中東和東南亞一帶。

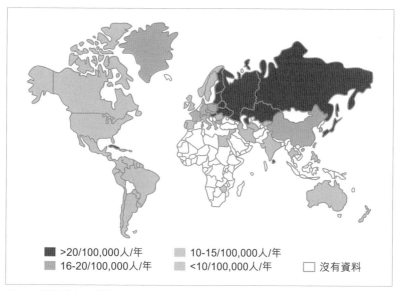

圖 2.1　世界各地自殺率

以最新的統計數據作排列，自殺率最高的十個國家或地區多是前蘇聯解體分裂出來的東歐國家（表 2.1），而自殺人數最多的十個國家或地區，卻包括多個亞洲、西歐和美洲國家或地區（表 2.2），中國內地和印度的自殺人數總和，已超過了全世界總自殺人數三分之一。不幸地，斯里蘭卡這個亞洲島國和俄羅斯這個歐亞大國，在自殺率和自殺人數的十大排名上，均榜上有名。另一方面，自殺率較低的國家，多分布在信奉天主教的南美國家（如阿根廷、智利、秘魯等）及信奉伊斯蘭教的中東國家（如伊朗、埃及等）。一九九九年，科威特的自殺率約為 2/100,000，大概是立陶宛 44/100,000 自殺率的二十分之一。

為自殺
把脈

表 2.1　自殺率最高的十個國家或地區

國家或地區	自殺率（/100,000 人口）
立陶宛	44
俄羅斯	40
白俄羅斯	36
斯里蘭卡	31
哈薩克斯坦	29.5
愛沙尼亞	29
斯洛文尼亞	28.5
匈牙利	28
拉脫維亞	27.5
芬蘭	24

表 2.2　自殺人數最多的十個國家或地區

國家或地區	自殺人數
中國內地	287,000
印度	87,000
俄羅斯	52,500
美國	31,000
日本	20,000
德國	12,500
法國	11,600
烏克蘭	11,000
巴西	5,400
斯里蘭卡	5,400

在解讀以上數據的時候，須要注意的是，還有很多國家或地區未能提供準確的基本衛生資料予世界衛生組織，而自殺的數字也欠奉。在一些自殺可能被視為犯罪的國家（如印度），或文化宗教上不容許自殺的國家（如信奉伊斯蘭教的國家），自殺率可能被低估。在一些人口小國裡，自殺人數的稍微轉變，可以導致自殺率顯著不同，而令排名急劇上升或下降。相反，在一些人口大國裡，尤其是發展中的人口大國，行政上，政府未必能夠有系統地搜集自殺的數據；資源上，自殺未必是發展中國家在眾多的公共衛生問題中，急須記錄和監察的問題。

（二）家家有本難念的經

國家或地區之間的自殺率不單有顯著的分別，在自殺人口的年齡、性別和自殺方法的分布上，也不盡相同。

細心分析世界衛生組織的數據，可以發現，自殺率在不同年齡，在不同國家，也可以相差甚遠。現以三個較具代表性的國家為例。圖2.2顯示日本有較高的老年自殺率，新西蘭有較高的青年自殺率，而芬蘭的最高自殺率，卻是在成年人口裡，並不是青年或老人。

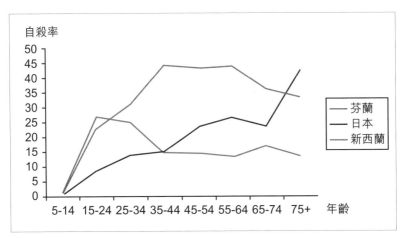

圖 2.2　三個國家不同年齡自殺率（每 100,000 人口）的比較

又以性別為例，絕大部分國家的自殺率，均是男性較高，大概是女性自殺率的兩至四倍之間，大部分西方國家的男女比例是3至4之間，但亞洲國家的性別比例偏低，譬如說，美國的男女自殺率比例約為 4.4，澳洲是 3.7，英國是 3.4，法國是 2.8，泰國是 2.3，日本是 2.1，新加坡是 1.8，印度是 1.4，中國內地的性別比例更是極端，女性的自殺率比男性為高，男女自殺率比例只有0.8，可以算是眾多國家或地區中的例外。

不同國家也有不同的自殺方法（表 2.3），美國青年使用槍械自殺佔全部自殺個案的近一半。英國青年自殺多用服毒方法，槍械只佔百分之五。超過六成新西蘭青年吊頸自殺。

表2.3 不同國家青年自殺方法的分布

自殺方法	美國（%）	英國（%）	新西蘭（%）
槍械	49	5	6
吊頸	38	17	61
服毒	7	45	10
一氧化碳中毒	–	13	18

以上粗略的介紹，反映出自殺不單是世界性的問題，在不同國度，也有其獨特性，自殺率高低參差有別，各年齡組別的分布、性別比例和自殺的方法也不一樣。

（三）獅子山下

在討論本地自殺數據之前，須要了解這些官方統計數字的來源。香港法例規定，所有非自然死因的個案，包括懷疑自殺的個案，須要經由死因法庭裁判。死因裁判官考慮判決時，一般需要充分的證據，去證明死者死於自殺，而證據並不充分和足夠的個案，可能會被裁定為死因不明或其他。由於法庭上裁決要求的舉證水平和醫生在臨床上對斷症的準則有所不同，大部分研究人員相信，經法庭判斷的自殺個案，可能只是全部自殺問題的一部分而已。亦有研究報告指出，法庭判決死因不明的個案，往往是醫生認為自殺的個案。簡單來說，經法庭裁定得出的自殺統計數字，可能低估了真正的自殺率。

為自殺
把脈

　　大部分懷疑自殺個案，可以在短時間內經死因法庭裁定，但小部分對社會有影響，或公眾極關心的個案，死因庭可以召開死因聆訊，傳召證人，及頒布建議。這小部分個案可以曠日持久，在死者過身後一段長時間才有死因裁決。也由於政府不同部門（如死因法庭、生死註冊處、統計處）行政並不一致，處理這些個案的手法和年度報告的時間，也有不同，細心的讀者可以留意到，不同部門在同一年度，可有不同的自殺統計數字。基於以上考慮，大部分研究人員不會採用當年公布的數字作準，而會等待兩三年後，在死因聆訊與各部門行政處理後得出統計數字，才作分析。

　　官方統計的自殺人口數字的局限性，當然並不只在香港出現，以上提及世界衛生組織的統計，也有類似的問題。二十多年前，英國 Medical Research Council 的 Peter Sainsbury 在相關問題的研究裡，總結出官方統計數字儘管有低估真正自殺率的可能，但在流行病學的範疇裡，作地區性、人口性和時代性的比較，仍甚具價值。只要讀者不拘泥於某一年份個別數字的細微分別，而是着眼於整個年代的轉變和具體的趨勢，官方統計數字仍可堪分析。

　　在發黃的舊紙堆裡，仍可找到上一個世紀四、五十年代香港自殺人口的數字。香港大學精神醫學系的創系主任葉保明教授的博士論文，亦搜集了當年的自殺數據，他的論文，很可能是香港自殺問題第一份系統性論述。葉教授當年的觀察和數據分析，五十年後的今天，仍被重複引用。據記載，香港一九四六年的自殺人數是三十五，一九五五年則是二百六十三，由此引申香港的自殺率由

一九四六年的 3/100,000 升至一九五五年的 12/100,000，十年間升幅四倍！

讀者須要留意的是，香港自一九二一年、一九三一年之後，至一九六一年才有大型人口普查。四、五十年代的香港人口，流動性高，有二次大戰時大批港人移返中國內地，亦有五十年代大批內地人士湧到香港，當時香港的確實人口數字，似乎是個謎。一九五五年九月，香港大學的經濟學系講師 Edward Szczepanik 在《遠東經濟評論》（*Far Eastern Economic Review*）發表論文，根據當時人口的出生率、死亡率、移民數字、過往趨勢等，對香港人口的總數及結構，作出一番推敲。香港人口的具體資料，在一九六一年人口普查開始，才有真正可靠的數字，我們對香港自殺率的分析，也由這個年代開始。

圖 2.3 顯示香港的總體自殺率在六十、七十、八十及九十年代初期，並沒有顯著變化，可是在九十年代末期以後，自殺率明顯上升。最近幾年的自殺人數，徘徊在一千左右，大概是 16/100,000，比較六十年代初期的自殺率（約為 11/100,000），高出大概百分之三四十左右，二○○四年的自殺人數佔全港死亡總人數接近百分之六。

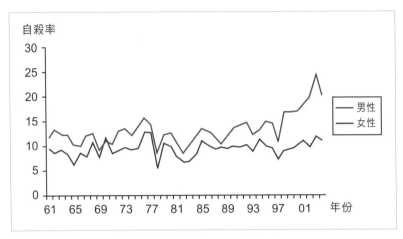

圖 2.3　1961 至 2004 年的香港自殺率（每 100,000 人口）

　　圖 2.3 顯示，過去四十四年的香港自殺率，男性比女性為高，大部分時間的男女比例是徘徊在 1.2 至 1.5 之間，可是在最近的幾年裡，男性自殺率明顯飆升，而女性自殺率則無顯著改變，造成男女自殺比例，增加至 2:1 之數。

　　將香港總體自殺率分成不同年齡組別，會有如圖 2.4 的發現。十歲以下的自殺非常罕見，但自殺率在青春期開始增加，在成年期則頗為穩定，到了老年期再明顯上升，這種與年齡組別相變化的自殺率，在兩性之間，一併出現，並無分別。

　　將香港過去四十四年的自殺率，分成青少年（十至十九歲）、成人（二十至五十九歲）和老年（六十歲或以上）的三個年齡組別分析，會有如圖 2.5 至圖 2.7 的發現。

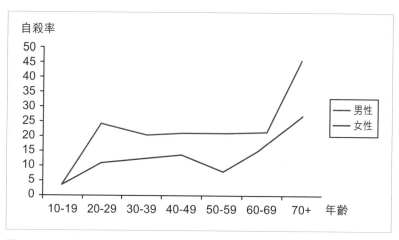

圖 2.4　2001 年香港按年齡組別分類的自殺率（每 100,000 人口）

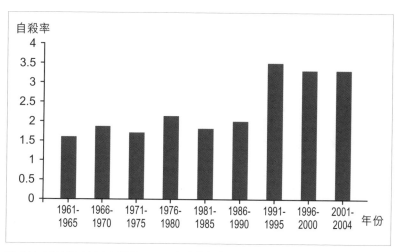

圖 2.5　1961 至 2004 年香港 10–19 歲青少年自殺率（每 100,000 人口）

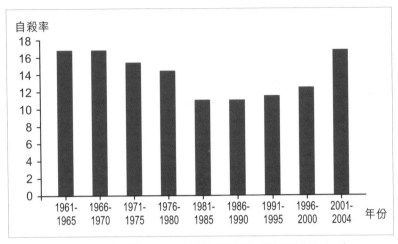

圖 2.6 1961 至 2004 年香港 20–59 歲成年人自殺率（每 100,000 人口）

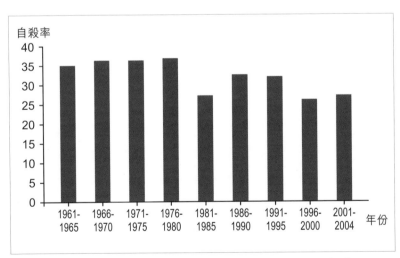

圖 2.7 1961 至 2004 年香港 60 歲或以上老年自殺率（每 100,000 人口）

從六十到八十年代，香港的青少年自殺率相對穩定，可是到了九十年代，則明顯上升（圖2.5），最近幾年的青少年自殺率約為3.4/100,000，比六十年代的1.7/100,000，上升了一倍。青少年自殺率不單上升，自殺佔青少年死亡人數的百分比，在過去四十四年，也不停冒升，由六十年代的百分之三，增加至最近的百分之二十。換言之，香港現在每五個青少年過身，便有一個是由自殺而起。從公共衛生的角度看，要降低香港青少年的死亡率，就必須解決青少年的自殺問題。

香港的成年人自殺率，在過去四十年有明顯的下降（圖2.6），由六十年代的17/100,000下跌至九十年代的12/100,000，降幅大概百分之三十。可是在近幾年，成人自殺率再明顯上升，回到六十年代的水平。隨着自殺率的下降，成人自殺人數佔整體自殺人口，亦徐徐跌至百分之六十左右。最近幾年，成人自殺人數約佔成人總死亡人數百分之十二左右。香港的人口結構以成年人為主，自殺人口也以成年人最多，要降低香港的整體自殺率，不可不處理成人自殺問題。

過去四十多年的香港老人自殺率，由六、七十年代的35+/100,000下降至最近十年的28/100,000左右（圖2.7），降幅大概是五分之一。可是，老人自殺人數佔整體自殺人數，卻由六十年代的百分之十一左右，升至最近的百分之二十五以上，增幅一倍左右。隨着本港預期的人口老化，老人佔整體人口不斷增加，如果老年人自殺率不變，老人自殺的數目，勢將趨向膨脹。

過去四十年，香港的整體自殺率、不同年齡組別的自殺率，和自殺率的性別比例都有改變，在自殺方法的選擇，也有年代和年齡上的分別。

六十年代的香港，自殺方法以跳樓和服毒為主（表2.4），吊頸相信也是常見自殺方法之一，可是當年的紀錄，並沒有這個自殺方法的具體數字。到了九十年代，服毒自殺的比例大幅減少，跳樓和吊頸是最常見的自殺方法。近年間，燒炭自殺卻迅速增加，在二〇〇四年，燒炭更取代吊頸，成為第二號常見的自殺方法，每四個自殺人口中，便有一個用此方法自殺。

表2.4　不同年代香港自殺方法的分布

自殺方法	1963至1965年 (%)	1990至1992年 (%)	2000至2002年 (%)
跳樓	33	58	44
吊頸	–*	28	24
服毒	20.5	5	4
一氧化碳中毒	–*	1	22

* 六十年代的資料並沒有列出此項自殺方法的具體數據

不同年齡組別，也會選擇不同的自殺方法。以二〇〇二年為例（表2.5），大部分青少年以跳樓方法自殺，老人選擇吊頸自殺的百分比偏高，而燒炭則往往只是成人自殺的方法。與年齡組別的相異剛剛相反，不同性別對自殺方法的選擇似乎相似（表2.6）。除了女性可能較傾向服毒自殺外，香港男女的自殺方法，頗為相同。

表 2.5 　2002 年香港自殺方法的年齡分布

自殺方法	10-19 歲 青少年（%）	20-59 歲 成人（%）	60 歲或以上 老年（%）
跳樓	69	42	48
吊頸	27	19	36
服毒	4	2	5
一氧化碳中毒	0	32	4
其他	0	5	7

表 2.6 　2002 年香港自殺方法的性別分布

自殺方法	男性（%）	女性（%）
跳樓	43	46
吊頸	25	20
服毒	2	8
一氧化碳中毒	26	22
溺斃	2	5

　　自殺並不是偶然的現象，也不是平均分布在一年三百六十五日
的日子裡。如果將香港七十到九十年代這二十年間平均每日自殺人
數按月份排列，會有如圖 2.8 的發現，十二月是自殺人數最少的月
份，跟着的便是十一月和二月。六月、四月和七月是自殺人數最高
的三個月份。整體來說，夏天月份的平均自殺人數要比冬天月份的
為高。香港自殺分布的季節性，跟很多北半球的國家或地區相似，
而在南半球的澳洲，在月份的分布上則剛剛相反，但夏天（澳洲的

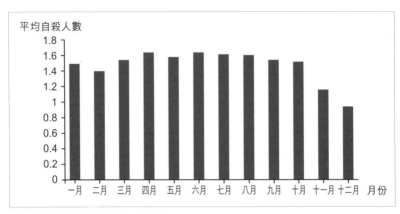

圖 2.8 1973 至 1992 年香港平均每日自殺人數

十一月至二月）自殺比冬天（澳洲的六至八月）較多的現象，則是
一致。

（四）數字背後

　　簡單來說，香港近年的總體自殺率大概在全球平均數
（16/100,000）之間徘徊。近年似乎有上升的趨勢，其中以青少
年自殺率的上升最為明顯，而孩童的自殺則極為罕見，另外，自殺
夏天多冬天少的季節性，也跟很多國家或地區相似。在這些表面相
似的背後，也有很多不盡相同的特徵，香港的男女性自殺率比例相
對偏低，老年自殺率偏高，近年常見的燒炭自殺方法，更是外國少
見。

在比較香港與其他地方自殺現象異同的時候，不難發現，原來國家或地區之間，有頗為巨大的差異，整體自殺率的高低，可以有二十倍以上的分別；男女比例，可以高全四倍到五倍，也有低至0.8之數。除了青春期前自殺罕見外，每個國家或地區各年齡組別的自殺率也不盡相同。過去四十年，也並非每一個國家或地區的自殺率都在上升，在一些傳統自殺少見的國家，如信奉天主教的南美國家和信奉伊斯蘭教的中東國家，自殺率仍然偏低。在一些自殺較多的國家，如匈牙利、日本、斯里蘭卡等，自殺率仍普遍高企。近年，一些從前蘇聯分裂出來的東歐國家，如立陶宛、白俄羅斯、愛沙尼亞等，自殺率極高。此外，自殺方法，國家或地區之間也有差別，美國常見的是用槍械自殺，英國常見的是服毒，新西蘭是吊頸，而香港近年卻多見燒炭自殺。不同年齡組別的自殺方法也有不同。

將自殺率的高低與分布，作國與國或地區性的比較，作年齡、性別、時間性和方法上的比較，正正是流行病學的範疇。流行病學通過對與自殺率高低一併出現的各種現象來推斷自殺的成因，本章的數字清楚說明，自殺並非隨機偶然的現象，在特定的背景、地區、國家、年代、人口、性別和年齡組別上，均有可以追尋的脈絡與趨勢。

自殺不是中六合彩，並不會「無端端」發生，更何況，嚴格來說，若不是抱着僥倖碰彩、一試無妨的心理，也不會花時間、金錢去買彩票，不買彩票，也斷絕了中六合彩的機會。我們的性格

為自殺
把脈

（心存僥倖）和行為（買彩票）塑造了可能發生的生活際遇（中彩票），中六合彩並非完全偶然，自殺更不是無意中發生。追尋自殺發生的背後因素，是理解和預防自殺的不二法門。

從流行病學的角度研究自殺，在過去四五十年間的發展，多是止於描述及比較各地、族群和人口自殺數據的高低，而鮮有發掘自殺背後因素的數據分析。自殺既是無時無處不在，卻亦可以在不同社區、文化背景下，有極大差異。若果自殺是人類普遍的苦難，自殺背後的因素有何相似的本質？若果自殺只是某些獨特社會文化的產物，社會文化又通過何種機制塑造自殺率的差異？為何每個文化都有自殺現象的出現？而在外國不同背景下，對自殺的理解，又對本地有何參考價值？

香港幾個失意少年相約關室燒炭自殺，斯里蘭卡農村適婚女子負擔不起昂貴嫁妝服殺蟲水自殺，美國荷里活明星濫藥導致抑鬱而吞槍自殺，日本中年漢失業吊頸自殺，越南船民自焚抗議強迫遣返越南，或巴勒斯坦漢子在痛失家園和子女後由憤恨轉化成人肉炸彈與認定的報復目標同歸於盡，有何因素可以令這些自殺例子串連起來作統一的論述？又有何因素驅使自殺在不同背景下有不同的表現？

全球和本地數字訴說的，是一個複雜而尚未完全明白的自殺現象，數字背後，並沒有一個三言兩語可以說明的簡單答案。

第三章

一個糾纏不清的概念

（一） 愛斯基摩人談雪

自殺學家談自殺，有點似愛斯基摩人談雪，總有點只有他們才用，但也不易說明的刁鑽語言。

長年生活在北極圈的愛斯基摩人，每年三百六十五日，也要面對浩瀚無邊、不同形式與種類的雪，雪與他們日常生活，息息相關，也是每天必須面對、處理與克服的課題。在溝通上，他們有需要細緻表達不同「品種」的雪，再加上不同部族的愛斯基摩人，各自有本身的方言和他們獨特的語言構造，愛斯基摩人談雪，有特別豐富的形容與詞彙，他們有專門的詞語去形容飄下的雪、地上的雪、壓碎的雪、新雪、浮水的雪、飄浮的雪、又深又軟的雪、暴風的雪、堆在一起的雪、快要雪崩的雪、掛在一起的雪……有語言學家一度認為，愛斯基摩人有多達一百組詞語，來形容不同形態的雪。愛斯基摩人對雪的深刻認識，造就了他們複雜多樣的詞彙；豐富的詞彙，反過來，也加強了他們對雪的敏感度與仔細分類。語言源自生活，也塑造了生活。

對普羅大眾而言，自殺是非常私人的問題，根本毋須煩惱為自殺定義。可是對於須要裁定死因的法院、搜集疾病生死資料的衛生當局、研究自殺的學者，一個共通的語言和定義，是溝通和分享資料的必要基礎。

為自殺下定義，當然可以從字典下手，由字的起源、變化和使
用開始，進而界定自殺的含義。可是文字學對一個現象的界定，並
沒有科學家或衛生署所要求的清晰明確的特徵。

學者在回顧自殺定義的時候，竟搜集到十五種重複但並不相
同的定義！較多人提及的，可能是上世紀八十年代中期，美國疾病
控制中心（Centers for Disease Control）從死因法庭的角度，
界定自殺是自己蓄意引起的傷害而導致死亡。從這個定義的三個重
要組成部分（傷害、蓄意、自我引起），可有如圖 3.1 對病死、意
外、他殺和自殺的不同分類。當然並非每一宗死亡個案都可以自然
地被分成以上四類，在證據不足的情況下，還有死因不明的裁決，
可是從法院須要給予清楚、單一判決的角度看，以上的分類，可算
是簡單易用而較少爭論。

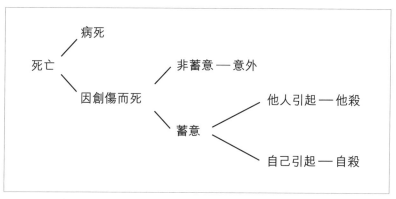

圖 3.1　死因的界定

為自殺
把脈

　　剛才所說的自殺，是指自殺身亡的情況，爭論較少。可是自殺而並未致死的個案，這裡籠統地稱為「企圖自殺」（中國內地稱為「自殺未遂」），可以爭議的地方頗多，討論可以由以下五個案例開始。

案例一

　　李先生是四十五歲商人，三年前生意失敗，賣樓還債，失業，賦閒在家，用僅餘積蓄投資。近日在新興股票市場的槓桿投資失敗，再欠下巨債，李先生寫下遺書，在家中燒炭服藥雙料自殺，幸好被意外提早回家的十歲兒子發現，及時送院洗胃，再轉到內科病房治療。

　　李先生的案例，有自殺意圖、動機、準備及行動，雖對身體有所傷害，但獲救，可以算是比較典型的企圖自殺例子。

案例二

七十五歲的馮伯，長期患有糖尿病、高血壓和腎衰竭，一個月前中風，不良於行，在療養院接受物理治療。一星期前，馮伯將一向飼養的愛犬送給朋友。星期天，馮伯欲在療養院的露台跳樓，由於手腳不便，被職員及時制止，他並沒有分毫損傷。

有自殺意圖、準備和行動，而無任何創傷，馮伯的案例可以算是企圖自殺嗎？

案例三

十二歲的玲，自入中學後與街童耍樂，玲媽媽屢勸無效。一天，玲玩至深夜才回家，遭媽媽喝斥，玲頂嘴，媽媽盛怒下，第一次掌摑玲，玲心有不甘，將自己反鎖在房內，找出藥櫃裡的止痛丸，一口氣將三十粒全數吞下。天明，胃痛，才找媽媽求助。送院後，發現止痛藥已傷害肝臟，在深切治療部搶救了數天，才脫離危險。

年輕人一時衝動，無清楚自殺意圖而導致意想不到的傷害，又是不是企圖自殺？

案例四

　　七歲的文仔，有讀寫障礙，閱讀、寫字尤其困難，由幼稚園開始，因功課花去大量時間仍成績惡劣，缺乏自信，與媽媽的關係頗為緊張。二年級的一次默書，雖然經歷三個與媽媽地獄式訓練的晚上，但成績不只「捧蛋」，還是負五十分（嚴格執行每錯一個字扣五分的悲慘後果），文仔深恐回家遭媽媽責罵，又被同學訕笑（「有冇搞錯，負五十分都得？」），在班房裡聲言自殺，且「慢步」行出班房，「慢動作」作勢爬出欄架，被老師喝止。

　　稚童受挫，未知如何應付，無清楚自殺意圖、準備，亦沒有任何受傷，卻聲言自殺，並且有「自殺行動」，是否企圖自殺的一種？

案例五

十九歲的雲，典型暴風少女，非常情緒化，常為小事鎅手洩憤，也會陪「死黨」一起鎅手以示支持。雲的雙臂，尤其左前臂，經常有數十條深淺新舊不一的疤痕。在一次與朋友鬧翻之後，雲「意外地」鎅斷手筋，需入院造手術駁回。雲清楚聲明鎅手不是自殺。

習慣性鎅手發洩情緒而無自殺意圖，可是卻有造成真正傷害，可以歸納為企圖自殺嗎？

以上五個案例，突顯了企圖自殺定義較具爭議的地方，其中最多討論的，可能是自殺行為是否蓄意求死。

個人行為是否蓄意造成，並不容易量度，也不如身高體重般，可以用眼睛判斷，或由一套公認的度量衡標準去量度。是否蓄意，也並不是非黑即白的是非題，實情可能是有一點點蓄意，也有一點不是，那麼應該是有百分之幾的蓄意才算真有求死意圖而歸納為企圖自殺呢？

最直接了解行為是否蓄意，可能是求證於當事人，可是企圖自殺並非環保日參加植樹活動或清潔海灘，參與者都可以清楚無誤

地告訴別人，參加了一項有意義的活動。企圖自殺並不為大眾所接受，也容易惹來奇怪、歧視的目光。企圖自殺之後對當事人的質詢，所得答案並非實情的全部，可以理解，也是預料之內。

詢問當事人企圖自殺的意圖，背後的假設是，當事人清楚知道及明白自己行為的原因、目的和可能的結局。這種理性的分析，並不適用於一些個人行為的選擇上，舉例說，婚姻大事講究的是兩情相悅的感覺，而非在關係上可達到什麼；並非每一位醫生可以說出漫長的專業訓練所為何事，更何況部分企圖自殺人士，可能有智障或是精神錯亂，他們並不能夠清楚預知自殺行為的結局，亦可能在神智不清的情況下，或在妄想幻覺的影響下，做出傷害自己的行為。

從字面上看，意圖（intent）與動機（motive）並不相同，前者是指希望達到的目標，是前瞻性的；後者是解釋發生的原因，是回顧式的。理論上，企圖自殺是可以因為逃避一個不能忍受的困局（動機）而寧願一死（意圖），實際上，大部分學者並未留意這語意上的細微分別，兩者經常是二而為一，在研究和臨床上，自殺意圖並不容易與自殺動機分開。

外國對自殺意圖／動機的研究，發現企圖自殺人士，只有小部分承認真有求死的意圖。更常見的答案可能是——不知道。上世紀七十年代，一批英國學者開始就此議題研究，發現每個企圖自殺者平均有多達四種意圖／動機。可以說企圖自殺，並非單純求死。

　　九十年代，歐洲的十三個國家聯手向一千六百多名企圖自殺者作問卷調查，並將問卷數據進行因子分析（factor analysis，一種將類似選項歸類同一因子的統計方法），發現企圖自殺者的意圖可大致分成五類，分別是求助、影響他人、逃避、求死及不知道（表3.1）。當然這五類答案並不互相排斥，也可以同時並存。有趣的是，不同年紀、無論男女的企圖自殺，都同樣地包括了不單只求死的意圖，更多時候，企圖自殺的背後，並非希望了結自己的生命，這類並不希望殺死自己的行為，我們又應否稱之為「企圖」「自殺」呢？

表 3.1　企圖自殺的可能意圖

一、求助	• 想尋求幫助
	• 想知道他／她是否真的關心我
	• 想表示我有多愛他／她
	• 想別人知道我有多絕望
二、影響他人	• 令人感到歉疚
	• 令人如此待我付出代價
	• 令人回心轉意
三、逃避	• 只想睡一覺
	• 離開一個無法接受的環境
四、求死	• 情況實在不能容忍下去
	• 真的想死
	• 希望可以令他人生活容易一點
五、不知道	• 不知道為什麼這樣做
	• 失去控制

為自殺
把脈

大部分企圖自殺或自殺身亡是一個過程，並非剎那間發生的單一事件，過程中，不難想像，自殺意圖或動機，也會隨着事情的發展與當事人的情緒而產生變化，所謂自殺意圖也非鐵板一塊，一成不變。

判斷自殺意圖，是界定企圖自殺的重要元素，完全沒有自殺意圖的行為，容易與意外或習慣性鎅手洩憤的行為混為一談，而使企圖自殺變得過於龐雜。

臨床上，精神科醫生經常通過了解企圖自殺的過程與細節，與病人當時的想法，來判斷自殺行為是否具備高自殺意圖，其中須要考慮的，不單是主觀的意圖、客觀的準備、意圖落空的反應，還有醫學上判斷自殺行為的致命性與危險性（表 3.2）。高意圖自殺病人，被視為高危一族，短期內有自殺身亡的危險，須要加倍小心處

表 3.2　高意圖自殺的特徵

• 長時間的自殺預謀	• 留下遺書
• 周詳的自殺計劃	• 預計自殺可以致命
• 自殺前暗示有自殺意圖	• 採用相信可以致命的自殺方法
• 自殺前有最後的安排	• 相信自殺行為不能逆轉
• 採取步驟避免被人發現／制止	• 嚴重的自殺行為
• 在偏僻獨處地方自殺	• 自殺後求助
• 在不被騷擾的時間自殺	• 聲稱自殺
	• 對於獲救感到矛盾

理。儘管判斷可以因訓練的多少與經驗的深淺，帶來主觀與推測的局限，但自殺意圖的評估，仍深具臨床實用價值，幫助醫生制定治療策略。

（二）企圖自殺的種類

過去五十年，西方學者就企圖自殺的命名，提出過不同的觀點。二次大戰後，移民到英國的奧地利精神科醫生 Erwin Stengel 在一九六四年出版的 *Suicide and Attempted Suicide* 一書裡，率先點出自殺身亡與企圖自殺獲救兩者的分別，此書成為當年傳誦一時的標準讀物。

鑑於很多企圖自殺個案並沒有求死意圖，一九六九年，英國愛丁堡大學的精神科醫生 Norman Kreitman 提出 parasuicide 一詞，表示該自殺行為只是仿自殺，與自殺相似，也包括沒有尋死意圖的自殺行為。Parasuicide 一詞不易翻譯，這種詞語上的先天缺陷，註定了難被廣泛接受的命運。Parasuicide 避開了自殺意圖的着眼點，卻帶來意想不到的反效果，就是那些真正有自殺意圖而沒有自殺身亡的個案，好像並不屬於 parasuicide 一類。美國學者往往將 parasuicide 當成企圖自殺的一小撮，而且並不常用，歐洲學者則把企圖自殺當成 parasuicide 的特殊案例處理。在大西洋彼岸的學者與醫生，也未能就 parasuicide 一詞達成共識。

為自殺
把脈

鑑於 parasuicide 與企圖自殺兩者的混淆，七十年代中，另有蓄意傷害自己（deliberate self-harm）、蓄意自我創傷（deliberate self-injury）、蓄意自我服毒（deliberate self-poisoning）等新稱號。蓄意傷害自己這個名稱，一下子將自殺擴闊成傷害行為，而很多可能傷害自己的行為，包括吸煙、酗酒、濫藥或開快車，雖是蓄意，卻沒有求死的意圖，也不容易當成自殺。蓄意傷害自己的名稱，也未能完全解決自殺意圖的困擾，若果前者並沒有求死意圖，它是否與有求死意圖的企圖自殺互不相關？蓄意傷害自己又與 parasuicide 有何種關係？

時至今日，企圖自殺、parasuicide，還是蓄意傷害自己這三個名稱的應用，已變得相當籠統，有些學者更將三者等同，交替使用，反映出自殺行為是頗為龐雜的類別，並不容易找出一個可以囊括各類自殺、自毀行為的適合稱號。

在探討企圖自殺概念的同時，歐美學者嘗試利用數據化的實證研究找出不同自殺行為背後的特質，並加以分類。總體而言，研究方法可分成兩大類：

一、組別比較：將不同的企圖自殺行為分為幾組，並比較他們特徵的異同，而組別的分類可以是基於初次還是多次企圖自殺、嚴重還是低意圖的自殺、在跟進一段時期後最後是否自殺身亡等。

二、叢集分析（cluster analysis）：一種統計學上的分析方法，將一系列的企圖自殺個案，根據他們相似的特徵如自殺動機、自殺方法、背景資料、精神狀況等，經數據分析，集成不同的組別。

過去五十年，以上課題的研究論文，不下數十篇，可是並沒有一致的發現。看來根據自殺行為的本身特徵，無論在數據上或概念上，並不容易將企圖自殺妥當分類。如果自殺不能以自殺行為特徵作分類基礎，而自殺背後的本質仍是個謎，分類還可有什麼準則呢？

雖然企圖自殺的定義與分類有尚未解決的困難，研究人員對企圖自殺個案多寡的課題仍然充滿好奇。過去二三十年，有大量植根於當地的有關企圖自殺的調查報告，結果頗為參差。除了因各地情況（例如社會文化、經濟周期、人口結構等）不同外，在如何界定企圖自殺的個案上也有分別。幸好，過去十多年，採用相同定義的大型跨國研究相繼出現，為此提供可以比較的數據。

大致來說，約百分之三至五的成人曾經企圖自殺，青少年是百分之七左右，老年是百分之一至二。女性的企圖自殺數字是男性的二至三倍。在社區上大概每二十五人便有一人曾經企圖自殺，而且多在年輕女性身上發生，企圖自殺並非罕見。

　　以上的百分比，是不計時限的曾經企圖自殺的數字。若以年率計算，每十萬人口裡，每年便有五百至七百宗企圖自殺個案的出現，與平均每年自殺率（亦即自殺身亡的發生率）為 16/100,000 相比，可計算出每三四十宗企圖自殺的出現，便有一宗自殺身亡。由於年輕人企圖自殺偏多而自殺身亡相對少見，而老年人口的企圖自殺較為少見但自殺率偏高，企圖自殺對自殺身亡的比例，在年輕人口比老年人口為高。換言之，從數據上看，大部分企圖自殺的年輕人並不會自殺身亡，在處理上，有必要小心區分哪些是高危一族。至於企圖自殺的老年，雖然較為少見，可是不少會是自殺身亡的先兆，萬不能掉以輕心。

　　企圖自殺而有求診的，在歐洲國家，大概每年是 130/100,000 至 190/100,000 之間，只佔企圖自殺整體人口的一小部分，而女性求診數字約為男性求診的一倍半左右，求診的性別比例明顯比企圖自殺的性別比例（女是男的二至三倍）下降，充分說明，大部分企圖自殺個案，尤其女性的企圖自殺，並沒有求診，在醫院裡見到的企圖自殺個案，只是整個現象的冰山一角。

（三）　自殺意念及其他

　　無論是企圖自殺還是自殺身亡，在研究的文獻上，兩者都有大量的數據分析、概念探討、重頭回顧文章和經典著作，但對自殺意念的探討，相對來說卻頗為薄弱。

什麼才是自殺意念呢？是想起死亡？想起已經過身的朋友／親人？覺得生存沒有意義？覺得生命沒有樂趣？覺得生無可戀？希望自己從未出生過？希望自己不再生存於世？想傷害自己？還是想到了結自己的生命？

自殺意念，並沒有外在可供觀察的行為，純粹懸在當事人一念之間，如何具體地、準確地捕捉別人腦袋裡飄過或盤旋不去的念頭，並不容易，除了當事人的合作、首肯與承認外，再沒有可供量度的黃金準則。再加上各人對自殺意念的不同定義，參差混亂的情況，不難想像。

對自殺意念探討的一個起步點，可能是對死亡的認識。理論上，死亡可科學化地詮釋成四個組成部分。（一）死亡是普遍的，所有生命皆無可避免地死去；（二）死亡是不可逆轉的，死去的生命不能復活；（三）死亡是失去所有具備生命功能的狀態；和（四）死亡是生理因素造成的。以上死亡的四個組成部分，根據兒童認知的發展來看，大部分具備九歲心智能力的孩子，都已經準確地掌握到死亡的含意。

對普羅大眾而言，自殺意念並不牽涉上述關於死亡的四個概念，然而，在僅有的少數文獻報告中，經常發現懷有自殺意念的人對死亡的看法，可以是不成熟和扭曲的。他／她們一方面承認死亡是不可逆轉，另一方面卻心存僥倖，覺得自殺並不一定死去，大有一試命運的傾向。懷有自殺意念的人，對死亡經常有不真實的想

法，他／她們傾向相信人雖死，感覺與精神猶在，十八年後又是一條好漢。他／她們多少認定死亡只是剎那間的事情，死後他／她們要到的地方和將遇到的人，可以比現在的更好。這種對死亡測試的傾向，短暫化兼擬人化的看法，似乎令他／她們更容易接近死亡。

除了上述對自殺意念的討論外，量度自殺意念，還會經常遇到兩個問題。第一，量度的方法是問卷還是面談。總結大部分的研究結果發現，問卷調查，尤其是不具名、非面對面的問卷方法，報告自殺意念的發生率較高。第二，年輕人報告自己的自殺意念比父母報告他們子女是否有自殺意念，經常高出二至三倍，問題似乎並不可以單單歸咎於父母並不知情，年輕人、成年人，甚至老年人，對自殺的看法，似乎並不相同，導致他們可以對同一件事有不同報告。臨床上，經常遇到飲洗潔精或服三數粒傷風藥丸聲稱自殺的年輕人，被父母視為「玩嘢」，也有鎅手的年輕人覺得自己全無問題而父母擔心他們自殺。

父母不知情，並不意味是輕微或是無足輕重的自殺行為，相反，研究發現父母不知情的自殺行為，往往是多次重複及早發的自殺行為。有理由相信，父母不知情，所反映的，可以是惡劣的親子關係和複雜的家庭困境。

老年人比成年人對自殺的看法比較正常化、合理化和致命化，老年人傾向認為，自殺是可以接受的行為，覺得自殺的人，並沒有情緒問題，自殺並不是求助，也認定自殺的人，並不會被說服放棄自殺。

有自殺意念的病人，對自己自殺的看法與嚴重性，往往比醫生評估的為低，他／她們往後的發展，也並沒有如醫生估計中的那麼嚴重。醫生高估病人自殺傾向，可能反映他們採取比較保守，而不願錯失病人的策略，但對部分病人來說，對自己自殺危機的評估，可以比醫生更為準確。

綜合以上討論，自殺意念是個難纏的概念，並不容易準確測量，也只有倚靠當事人主觀和可能並不真確的報道。不同年齡對自殺與死亡的看法，有不同的含義與思量，判斷自殺意念也可因人而異，相異的判斷，也不是簡單對錯的問題，背後有不同因素的影響。

儘管以上有關自殺意念的爭論，仍未有圓滿解決的方案，文獻指出，大概百分之二十的年輕人有自殺意念，成年人是百分之十至二十之間，而老人的百分比通常在百分之七以下。女性有自殺意念，大概是男性的兩至三倍。從數字看，自殺意念比企圖自殺更為普遍，但與企圖自殺一樣，自殺意念多在年輕女性身上出現。

對於自殺行為的爭論，並不止於企圖自殺和自殺意念的範疇，更廣闊的議題，可包括慢性自殺（如已證實患上肺癌的病人仍繼續吸煙、肝硬化病人繼續酗酒），不顧安全的高危行為（如醉酒駕車、濫藥等），由於篇幅所限，這裡不作討論。

「何謂自殺」的討論，對大部分同工來說，是枯燥的理論，也不及「誰會自殺」這類議題那麼實際。在流行病學的研究上，自殺

的定義是計算「病」發率的基礎，清楚把握自殺行為的爭議議題，有助我們了解自殺行為多寡背後的含意。

在概念的層面上，由各種自毀行為、自殺意念，到企圖自殺，甚至自殺身亡，牽涉的不止單一層面由輕微到嚴重的現象，自殺行為是複雜多面的議題，也不是單一角度、視點可以解釋的現象。自殺涉獵的範疇包括精神醫學、心理學、流行病學、社會學、人類學、宗教學與哲學等，這些領域都有自己本身的傳統、研究方法和採用的詞彙，並不會因為匯聚在同一自殺的題目，而輕易改變以往根深蒂固的治學傳統，要各專業領域同意一套大家都適用的自殺行為定義與分類，又談何容易。

歸根究底，自殺只是人類行為的一小部分，對行為的界定，在黑白之間總難免有點大小闊窄深淺不一的灰色地帶，對自殺的探討，也經常是在混沌不清的灰色地帶跚蹣緩行。

第四章

精神病與自殺

為自殺
把脈

（一）自殺者的精神疾患

　　從十八世紀開始，企圖自殺病人陸續進入療養院治療後，自殺變成了醫生，尤其是精神科醫生須要了解、治療和處理的醫學問題。可是真正數據化和有系統對自殺作精神病學探討的經典研究，大部分學者會追溯到一九五九年，美國聖路易斯市華盛頓大學醫學院（Washington University School of Medicine, St. Louis）的 Eli Robins 及其同僚，在《美國公共健康期刊》（*American Journal of Public Health*）發表的論文開始。

　　在一九五六至五七年間，聖路易斯市共有一百三十四宗自殺，Robins 醫生與自殺者的朋友、親戚、同事、教會院牧、相熟的「包租婆」和酒吧侍應、調查該案的警察和自殺者生前的醫生及護士等面談。一百三十四宗自殺共進行了三百零五次面談，平均每宗自殺有二點五次面談，此外更搜集自殺者的醫院、社會福利及警方紀錄，從紀錄與面談的資料，追溯自殺者生前的精神健康情況。研究的最大發現，莫過於指出高達百分之九十四自殺身亡的人士患有精神病。

　　Robins 醫生對自殺者生前精神狀況的研究手法，逐漸演變成現今流行及標準化的心理剖析（psychological autopsy）。Autopsy 在病理學上是檢驗屍體的意思，psychological autopsy 是將自殺者的精神狀況，在他／她死後作一系統的檢驗。六十年代，現代自殺學的奠基學者 Edwin Shneidman 和 Norman

Farberow 等人，成功在美國洛杉磯市創立第一所自殺學的研究學院，並採納了當時該市死因裁判辦公室對死因不明的個案的調查方法，發展成心理剖析，為現今比較全面和廣泛應用的研究手法。

英國 Medical Research Council 臨床精神醫學單位的 Brian Barraclough 在一九六六至六七年在英國 Sussex 搜集了一百宗自殺個案作相似的心理剖析研究，得出同樣的結論：百分之九十三的自殺者患有精神病。似乎精神病與自殺的密切關係，在大西洋彼岸都一樣找到，Barraclough 醫生的研究在一九七四年《英國精神醫學期刊》（*British Journal of Psychiatry*）發表，迅即成為經典著作，他亦成為研究自殺的權威。

由上世紀五十年代到今天的半個世紀裡，對自殺者死後作嚴謹而標準化的精神狀況研究，已超過三十項以上，雖然以英美最多，但也包括了瑞典、加拿大、印度、澳洲、芬蘭、新西蘭、瑞士、以色列、丹麥、匈牙利、中國內地、台灣及香港等地的數據。涉獵近二萬自殺人口，雖然研究的年代不盡相同，性別年齡的分布也不一，但精神病與自殺的重疊卻是一致的發現。

以整體自殺者精神病患病率而言，絕大部分研究都得出超過百分之九十的結論，重複驗證了 Robins 及 Barraclough 醫生早年的發現。唯一例外，是中國內地對自殺的研究顯示，自殺者精神病患病率相對較低，只有百分之六十三，中國內地是否如此例外，仍須重複驗證。

　　表 4.1 列舉了不同類型精神疾患在自殺人口的分布。其中以抑鬱症最為常見，佔整體自殺者一半以上，在部分研究更高達百分之八十；其次是濫用藥物，達三分之一；在外國大概每四宗自殺便有一宗酗酒；各類型的焦慮症佔百分之十；百分之三至五有狂躁抑鬱症；而近年傳媒經常談及的思覺失調，只佔自殺人口百分之五左右。細心的讀者不難留意到各類精神疾患相加超過百分之一百，意味部分自殺者有兩個或以上的精神病，其中的問題會在本章較後探討。

表 4.1　自殺者的精神疾患

精神病	百分比（%）
抑鬱症	50 至 60
濫用藥物	30 至 40
酗酒	20 至 30
焦慮症	10
精神分裂症	3 至 7
狂躁抑鬱症	3 至 5
任何一種精神病	90 以上

案例一

陳太，家庭主婦，十年前孩子出生後，患上產後抑鬱症，此後病情反覆，最近兩三年裡，大部分時間情緒低落，愁眉不展。早上尤其心情惡劣，彷彿尚有一整天的煩惱，未見盡頭。到了下午及晚上，孩子與丈夫回家，卻經常為小事發火，幾近失控。陳太經常終日留在家裡，過往的興趣與喜好，差不多已成歷史陳跡，與朋友的接觸，也愈來愈少，生活圈子局限於家庭裡的幾位至親。經常失眠的日子，令陳太抱怨精神不振，身體欠佳，渾身疼痛，但身體檢查卻找不出任何毛病。雖終日留在家中，但陳太可以因為一丁點兒的家務弄至筋疲力盡，心神恍惚的她，也經常遺忘須要處理的事情。夫婦間經常為家務的處理與孩子的管教而不和、口角。陳太認為丈夫對她的批評源自婚姻上的不滿，更懷疑丈夫在外面另有女人。事實上，陳太對房事失去興趣已有一年，陳太認定她的情緒問題是由陳先生而起，只要丈夫對她的態度有所改善，一切問題自然解決。對於治療，陳太非常被動，抗抑鬱藥更只是隨意偶然的服用，然後抱怨藥物並無療效。陳先生對於被太太歸咎成罪魁禍首，無奈兼且抱怨，在半自願情況下，出席了幾次婚姻輔導後便拒絕再應酬太太的埋怨。陳太沒有治癒的抑鬱症，繼續為自己、家庭，尤其家中的獨子，帶來不少苦惱。

案例一列舉了抑鬱症的常見病徵。患有抑鬱症的自殺者,以男性居多(須要留意的是,女性患上抑鬱症的病發率是男性的三倍),五十多歲的中年人士為主(抑鬱症的病發高峯期是二三十歲的年輕成人),大概一半同時有身體疾病,超過一半抑鬱症自殺者並沒有求診,少於三分之一曾處方抗抑鬱藥,而有接受醫治的大部分並沒有服藥,只有百分之十的病者在死後血液中檢驗出有抗抑鬱藥的化合物,而僅有百分之三病者服用足夠劑量的抗抑鬱藥,接受心理治療的抑鬱症自殺者更是寥寥可數。一半接受治療的病者,在自殺前的最後一次診治時,只投訴身體疾患,而沒有提及情緒問題。整體的印象是,抑鬱症自殺者並沒有得到足夠的適當治療,而他們的特徵也與整體抑鬱症患者不盡相同。

案例二

五十三歲的馮先生,因長年在戶外地盤工作,日曬雨淋,令他比同年的男士顯得蒼老,很年青便「贏」得馮「伯」的稱號。馮伯迅速衰老的另一原因,離不開三十多年的飲酒習慣,年青時的馮伯,無酒不歡,拔蘭地、威士忌、雙蒸與啤酒都是心中所好,經常與朋友一起豪飲,喜慶假日,也不時飲得酩酊大醉,偶爾因此鬧事或翌日不能工作。近十年,馮伯的酒量明顯增大,以往三五杯的日

子，已不復見，代之而起的，是以瓶計的雙蒸米酒，而啤酒與拔蘭地等，已經少飲。馮伯嘴頭上雖然並不承認酒癮，但早上起床飲酒以驅走全身的不舒服，已成每天例行公事，午餐、放工後、晚飯時間，更是例必飲酒，多年來風雨不改，飲酒已如鬧鐘響鬧般準時，飯可以不吃，酒必定要飲。馮伯口中的只飲幾兩送飯，實際是半瓶雙蒸作主餐。三年前，馮伯因胃出血入院，同時驗出肝臟功能異常，住院期間停酒，卻誘發出好幾天的精神混亂與神智不清，醫生說是長期酗酒的後遺症。出院後，馮伯聲稱戒酒，但轉瞬間已故態復萌，繼續酗酒。

　　案例二列舉了酗酒常見的病徵。酗酒的自殺者經常有十五年以上的飲酒病歷，也多是單身居住、失業，在自殺前經常與人衝突，或曾戒酒失敗。長時間攝取大量的酒精不單損傷肝臟、心臟、腸胃，亦會導致營養不良，酒精的毒素對腦部更帶來不易逆轉的傷害，再加上貧困和孤獨，很多長期酗酒者都同時患上抑鬱症及身體毛病，而正是在這個背景下誘發自殺危機。倒轉來說，大概三分之一抑鬱自殺者同時患上酗酒，抑鬱症既是長期酗酒的後果，也可能是由酗酒到自殺的重要機制。

案例三

　　三十歲的文，患上狂躁抑鬱症已有十年，回溯病發初年，是由抑鬱症狀開始，但病情短，也不嚴重，文也誤會只是大學讀書壓力導致心情惡劣，並不為意。到了二十四歲那年，文情緒再起變化，心情常為小事激動，甚至失去控制，大吵大鬧，尤其與同住的家人經常衝突。家人發現文說話多而快，兼且大聲，與以往平靜的性格，完全不同。文自覺思想很快，有時甚至混亂，好像有很多念頭在打轉，有很多計劃需要付諸實行，還有用不完的精力可以發揮，工作至深夜也毫不疲倦，第二天一早，又可以繼續工作。當年，家人與文並不理解這些可以是狂躁症的病徵，直至幾個星期後，文將手中僅有的積蓄一下子花光，信用卡卡數暴升，還向朋友借來數萬元，聲稱要開創全港第一間連鎖漫畫店，家人才意會事態嚴重。好不容易在求醫、斷症及治療後，把狂躁症的病徵控制好，不旋踵，三個月後，另一輪抑鬱症狀卻開始冒現。

　　狂躁抑鬱症的特徵是患者在情緒兩極間跳躍，一時抑鬱（抑鬱病徵如案例一所列），一時狂躁。案例三列舉了狂躁症病發時的常見病徵。狂躁抑鬱症自殺者的特徵是服藥的服從性偏低，造成情緒在兩個極端間不停起伏，而接近百分之八十的患者是在抑鬱的低潮間自殺。

案例四

　　十八歲的惠，素來文靜，鮮與同年朋輩交往，但學業成績不俗。自考入大學後，入住學生宿舍，開始求學生涯的另一章。大學二年級，惠不能集中精神上課與溫習，成績開始下滑，惠懷疑自己的學習能力。她開始留意身邊同學的學習情況，卻逐漸發現原來同住的舍友與同班同學對她非常留意，只要與她有眼光接觸的時候，他們必定轉移視線，原先談論的題目，也突然轉到毫不相關的內容。惠坐下來靜聽他們的對話時，好像聽到他們提及自己的名字，轉頭看，卻發現他們的動作好像暗示對方停口。被人在背後經常談論的想法，令惠開始留意街上不相識的路人、鄰居，甚至報紙、電視新聞，是否對她有所暗示、嘲諷，偶爾，還好像聽到他們談及自己的私人生活，話語間

暗示她生活並不檢點，並散播詆譭她的謠言。惠自問沒有行差踏錯，卻招來無理的注意與「八卦」，令她既焦慮，又憤恨，開始對身邊人士進行還擊。從惠的朋友眼中看，惠變得愈發孤僻，好像要逃避一些社交場合，但卻勉強留下來，焦躁地說了些似是而非的話，也好像警告別人不要再對她不利，待澄清她問題的含意時，惠卻顧左右而言他，跟惠說話，不易理解，也愈說愈糊塗。

　　案例四列舉了精神分裂症的常見病徵。由於此症的病發高峯期是二十多歲的成年，加上自殺多在病發初期出現，故精神分裂症的自殺者，多是未婚的年輕成人。此外，住院或剛出院期間，也是精神分裂症患者自殺的高危時期。有頗多數據指出，精神分裂症自殺者病發前有較佳的學業、事業和人際關係，病發後洞察到精神分裂症可能帶來的種種困難與局限，情緒低落之餘，並誘發自殺危機。弔詭的是，在精神分裂症病發期間經常找到的思想錯亂、妄想及幻覺，反而是對自殺的保護因素，病徵最明顯混亂的時期，自殺的危機相對較低。

案例五

十七歲的強，初次求診的時候，清楚說出第一次恐慌發生時的細節。那是四個星期前的星期五黃昏，太陽仍未下山，香港仔隧道塞車，開始間歇封閉。強剛離開工作了兩個月的辦公室，好不容易擠上了黃竹坑開往銅鑼灣的巴士。車廂內人多，三十二度的溫度，令強渾身不舒服。星期五的塞車似乎比平日更嚴重，巴士緩緩駛進隧道的時候，強開始感到全身不自然。昏暗而狹長的行車道，隧道頂慘淡的燈光活像快要掉下來，充滿壓迫的感覺，很久也不能走出去與被困的想法，令強突然覺得焦慮緊張起來。他雙手開始緊握拳頭，手心出汗，全身發熱，胃悶得快要嘔吐。頭暈，心跳，血液在每次心肌抽緊間噴射出來的聲音飄蕩在耳邊，強不自覺加快呼吸，好像要拼命地花全身力氣，才有機會延續下次的吸氣。在粗糙的呼吸聲中，強開始感到雙手指尖麻痺，指尾快要抽筋。一瞬間，多處身體不適令強擔心身體快要垮下來，也惟恐心臟病發令他窒息而死，焦躁緊張與身體的異樣，難免惹來擠迫車廂裡乘客的疑惑眼光。陌生人的注目，更令強渾身不自在，驚怕會在人面前失控，做出不能想像的蠢事，在再也不能按捺

得住的壓迫下，好不容易挺過了隧道裡幾分鐘的煎熬，就在巴士離開隧道的片刻，強匆匆下車，離開車廂，走到街上，擺脫了剛才突如其來、毫無預兆的驚恐。

焦慮症是一種頗為龐雜的精神病患，包括了一系列不同類型的症狀，例如泛焦慮症、恐慌症、創傷後壓力症、強迫症及不同種類的恐懼症等。案例五只是列舉了恐慌症的一些常見病徵，並未將各種焦慮症的症狀一一細數。大部分學者相信，焦慮症與自殺的關係，可能源自一併發生的抑鬱症。以強迫症為例（一種擔心不整潔、不合規格的焦慮症，而導致患者不停重複洗手、清潔、檢查、數數，以及規定物件擺放位置、做事的次序與方法），大概百分之四十的強迫症患者可以在不同階段同時患有抑鬱症，而後者嚴重的時候有導致自殺的危機。近年焦慮症與自殺的另一研究重點集中在恐慌症上，恐慌症病人有重複、突如其來極度的驚恐，部分驚恐可能與某些環境情況拉上關係，差不多一半的研究指出，恐慌症的病人要同時患上抑鬱症才會自殺。

不同類型的精神疾患在自殺人口的分布，跟性別和年齡也有莫大關係。簡單的說，男性自殺者有較多酗酒、濫用藥物的問題，而女性相對較少。青少年自殺者的精神疾患較為多樣化，其中以抑鬱、濫用藥物和品行失調（泛指長時期有多種暴力、毀壞、欺詐及

犯規行為）最為常見。而老年自殺差不多清一色以抑鬱症為主調，
而較少其他精神疾患。

在世界各地重複驗證，找到超過百分之九十的自殺者患上精神
疾患，有學者推論，精神病是自殺的必要、但並不充分的條件。是
否必要，也是否充分，讀者不妨從下列的另一組數字中尋找答案。

（二）精神病患者的自殺

精神科醫生的本業，當然是診斷和治療精神病，而自殺是各種
精神病常見死因之一，在各國精神醫學臨床稽查制度中，檢討精神
病患者自殺，可算是必有的選項，可以說，精神科醫生對自殺有較
多的臨床經驗。

自殺既然是精神科的大敵，監察和治療各類精神病的自殺危
機，自然成為熱門的研究命題。總結過去四十年、二百四十九篇研
究論文，英國修咸頓大學的 Clare Harris 統計出，在一系列常見
的精神病患裡，自殺率比整體人口高出數以倍計（表 4.2）。

從表 4.2 可以看出，並非每一類病症都有相同的自殺危機，焦
慮症、精神分裂症的自殺率相對較低，而厭食症、抑鬱症的自殺率
則不幸地「名列前茅」，是整體人口的二十倍或以上。

表 4.2　各類精神病的自殺率

精神病	與整體人口自殺率相比倍數
厭食症	22
抑鬱症	20
濫用藥物	19
狂躁抑鬱症	15
情感低沉症	12
強迫症	11
恐慌症	10
精神分裂症	8
焦慮症	6
酗酒	5

　　將各類高自殺率的精神疾患逐項推敲，不難發現，很多都與抑鬱或情緒低落扯上關係。大概百分之四十厭食症病人同時患上抑鬱症。很多經常會被濫用的藥物可以影響情緒，甚至導致情緒失控或崩潰。情感低沉症是指持續的情緒低落，並且常有低自尊、疲倦、不能決斷、失眠、失去胃口等症狀。差不多一半強迫症的病人會併發抑鬱症。亦有不少數據反映恐慌症病人只在情緒低落時自殺，單純恐慌症的自殺危機，並不嚴重。這些統計數據似乎說明了，精神病病人的自殺問題的確嚴重，其中抑鬱與情緒低落尤為關鍵。

　　現代流行病學，當然不止於統計精神病患者自殺率的高低。在二〇〇〇年，丹麥 Aarhus 大學的 Paul Mortensen 和他的

研究隊伍在權威醫學雜誌《刺針》(*The Lancet*) 發表論文，在八百一十一宗自殺個案與七萬九千八百多對照人口中，比較一系列自殺高危因素，發現如果可以完全治癒精神病人而毋須入院治療，可以降低丹麥全國自殺率達百分之四十五；如果可以完全解決單身問題，自殺率可降百分之十；完全消滅失業，自殺率可降百分之三。

完全解決單身、失業和精神病來降低自殺率，當然只是統計學上數字的推論，雖然並不實際可行，卻可以提示哪些高危因素是預防自殺的重要議題。Mortensen 的數字清楚說明，要降低丹麥自殺率，治療精神病患者並非唯一選項，但卻是不可迴避的重中之重。有趣的是，在其他國家相似但規模較小的研究，得出頗為類同的結果，籠統的說，把精神病病人治好，可以將該地人口的自殺率降低百分之四十至七十之間。

治療精神病作為降低自殺率的預防策略，在統計學上看來異常重要，在實行上卻有不少不易逾越的鴻溝。與整體人口比較，雖然精神病患者有頗高的自殺率，但絕大部分患者並不是死於自殺，最新的長期跟進研究估計，大概百分之六的抑鬱症病人死於自殺，精神分裂症是百分之四，酗酒是百分之三至七之間。換言之，超過九成以上的精神病患者是死於其他疾病或意外，而非自殺（見圖4.1）。

過去二三十年，雖然有大量的研究尋找各類精神病自殺的高危因素，可是對於預測自殺的幫助卻極少。上世紀八十年代，就有

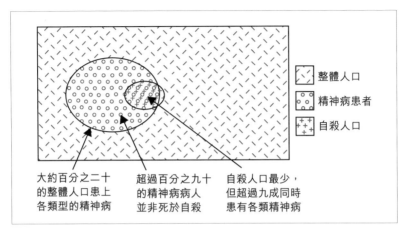

圖 4.1　精神病與自殺的重疊

好幾篇利用高危因素數據作複雜統計分析來預測自殺的研究，結論是一致的失望，我們並未能夠準確預測自殺的出現。從統計學的角度看，一些我們熟悉的自殺高危因素，譬如抑鬱症或失業，要比自殺普遍得多，二〇〇七年香港的失業率是百分之四左右，抑鬱症病發率是百分之三至五之間，相比 16/100,000 的自殺率，高出二百五十倍，用一個普遍的現象來預測一個罕見情況的出現，焉能準確。

雖然自殺者經常有精神健康問題，但有求診求助的，在歐美已發展國家中，還不到一半，在沒有豐厚衛生及社會資源的發展中國家，這個比例還要更低。以上世紀九十年代末期香港的數據為例，只有百分之二十四的自殺者曾求助於醫管局的精神科服務，老年自殺者則只有百分之十一，所有十五歲以下的自殺者全沒有求診紀錄。

　　總的來說，從歐美各國數據看，九成多自殺者患有精神病，大部分並沒有求診；有求診的自殺者，他／她們得到的服務又遠未足夠，大部分並沒有藥物治療，劑量亦不足，服藥服從性偏低，心理治療更屬少見，只有大概四分之一的求診者在自殺前的最後一次面談會提及自殺的念頭。換言之，大部分醫生在病者自殺前並未能察覺病人自殺的危險訊號。

（三）　數字以外

　　上兩節的一系列數字，說明了精神病與自殺的密切關係，但是精神病如何導致自殺，還需要數字以外的概念探討。

　　最簡單的解釋，可能是精神病直接導致自殺，譬如說精神分裂症的患者，服從指示傷害他們自己的幻聽，因而自殺身亡。

　　較為複雜的解說，可以是精神病只是提高自殺的可能性，而需另外再加一點其他因素，才會導致自殺，這一點其他因素，可以是另外一種併發的精神病、環境因素，或者傾向自殺的性格特徵。

　　仔細閱讀本章表4.1，可以發現自殺者的各類精神問題，相加超過百分之一百，在不同研究裡也經常發現，大概百分之四十至七十的自殺者，有兩個或以上的精神健康問題，較為常見的組合有酗酒與抑鬱症、濫用藥物與品行失調。只患有一種精神病病者的自

為自殺
把脈

殺率，是整體人口的五至二十多倍（見表 4.2），可是如果有兩種或以上精神病，他們的自殺可能性，則跳升至八十至一百六十多倍。似乎同時患有兩種精神病，會大幅提高自殺的危機。

大概一半的精神分裂症自殺者和三分之一抑鬱症自殺者，在自殺前並沒有遇上任何不愉快的經歷或挫折，也找不到在家庭、事業、金錢、社交、身體或訴訟上的挑戰。所以外在的環境因素，對不少自殺個案來說，可以是無關痛癢。從另一極端來說，小部分自殺者並沒有患上任何精神病，對這些少數（少於百分之十），突如其來的惡劣的環境轉變，已構成自殺的危機。

在以上兩類個案之間，也有不少自殺者本身既有精神病，在自殺前亦遇上外在環境的困難，這些環境上的困難，有偶然發生的（如交通意外導致身體殘障），也有與精神病相關的（如因抑鬱症而令工作表現下降導致被辭退工作），但學者最感到興趣的是，某一類精神疾患可能對一些特殊的外在因素特別脆弱，譬如說，酗酒的自殺者自殺前的個半月內便往往有嚴重的人際衝突，這類人際衝突卻在其他精神疾患的自殺並不常見。人際衝突與酗酒的致命組合如何導致自殺，實在須要好好了解。

一九九九年，美國紐約哥倫比亞大學的 John Mann 在《美國精神醫學期刊》（*American Journal of Psychiatry*）提出了精神病提高了自殺的可能性，但需再加上衝動／暴力的性格，才足夠構成自殺的條件，衝動性格與精神病成為互補的因素而導致自殺，詳情可參閱本書第五章〈自殺心理初探〉。

　　精神病患者的高自殺率，也可以與他／她們接受的服務有關。精神病患者在精神病院出院的頭一個月裡，自殺率可以是整體人口的二百倍以上！這個超高的自殺率可以在不同國家普遍找到，令人不禁懷疑病人的精神病並未完全治癒，以及過早出院導致自殺的出現。二〇〇五年，基於美國軍方醫院和丹麥人口的數據，兩份不同研究分別證實了住院日數較少的病人，出院後的自殺率偏高，似乎印證了以上的推測。可是同樣的現象，在本地的研究，卻並未得到證實，相反，香港的精神科病人住院日子愈短，出院後的自殺率反而偏低，三地數字似乎說明出院後自殺率偏高的現象，並不能簡單歸咎於住院日子的長短。

　　部分用來治療精神分裂症或狂躁症的藥物，可以有令情緒低落的副作用，情緒低落的副作用當然不可以詮釋為藥物導致自殺，但也是因治療而可能提高自殺風險的眾多解釋之一。

　　近年，在報章上報道最多的，是治療抑鬱症常用的血清素回收抑壓劑（selective serotonin reuptake inhibitor）可能會令年輕患者出現自殺的副作用，亦因如此，歐美等國的藥物管理當局再三警告，提出處方此類藥物需要留意的事項。基於現有的文獻和最新數據，並非每一種血清素回收抑壓劑都有相似的提高自殺可能的副作用，整體來說，服用此類藥品的患者比沒有服用的對照組，增加了大概百分之二的企圖自殺行為和念頭，在分析的幾千個個案裡，並沒有一宗自殺身亡的案例。

　　須要強調的是，抑鬱症本身帶有頗高的自殺風險，如本章所述，大部分抑鬱症自殺者的治療並未足夠，也根本沒有服藥。因為懼怕抗抑鬱藥帶來的百分之二自殺企圖和念頭而放棄可以治癒抑鬱症的有效療法，反而可能加深抑鬱導致自殺的危機，有點兒本末倒置。而血清素回收抑壓劑如何既能治療抑鬱症而又增加自殺行為，仍然是醫學上的一個謎，提出的想法很多，被證實的卻一個也沒有。雖然此藥的副作用並不能解釋絕大部分精神病與自殺的關係，但在臨床上，每位醫生都須要慎重處理和提防藥物可能產生的自殺危機。

　　以上提及精神病導致自殺的可能機制（見圖4.2），並非全面的檢討，但不少卻是有數據支持的看法。這些機制並非互相排斥，較貼近真相的實情，可能是導致精神病病人自殺的機制並不止一個，而在不同自殺個案裡，也可以有不同組合的機制。

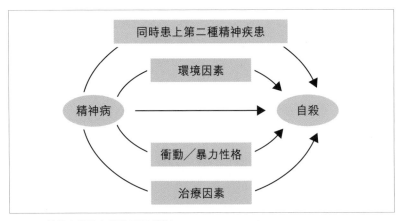

圖 4.2　精神病導致自殺的可能機制

　　本章介紹的是精神病與自殺的關係，在以後幾章裡，會逐步介紹自殺的其他重要高危因素，包括心理、生理、遺傳、模仿與社會因素等。患上精神病而不幸自殺，並不意味其他高危因素並不重要，同樣地，擁有自殺高危的性格缺陷，並不是說精神病就毫不重要。解釋自殺現象，不同高危因素在不同個案裡可能扮演輕重不一的角色，而非「有你冇我」、互相排斥、非黑即白的絕對解說。說精神病是自殺的高危因素的正確解讀，應該是精神病提高自殺的可能性而非絕對一定會導致自殺，精神病也非自殺的全部原因，患上精神病的同時，也可以有一併出現的其他高危因素，導致患者踏上自殺的不歸路。

　　由 Eli Robins 開始、Edwin Shneidman 命名的心理剖析方法，在過去四十年，點出了自殺與精神病的親密關係，雖然研究方法並非牢不可破，還有細緻琢磨的餘地，結論卻一致地指出，大部分自殺者患有精神病。大型的流行病學研究，也相同地總結出精神病患者，尤其是抑鬱症病人的自殺率，比整體人口以倍數增高。對於部分非精神科醫生而言，提出精神病是自殺最重要因素的說法，可能令他／她們有將自殺問題醫學化的懷疑。精神疾患雖然重要，但並非自殺原因的全部，大部分精神病患者並不會自殺，精神病發病率的參差，也未能解釋國與國之間自殺率數以倍計的分別，同一地區不同年代自殺率的上落也未必由精神病多寡所影響。

　　精神病患，五花八門，由患上精神病走到自殺的絕路，也不止一途，在解開精神病如何導致自殺的疑惑上，似乎最欠缺的，是一

個全面、標準、可靠和有效量度自殺者生前面對環境困難的工具，未能準確量度環境因素，精神病如何與外在環境因素相互影響導致自殺，也無從說起。在這自殺機制之謎仍未解開的今天，防止精神病人自殺及治癒精神病，尤其是抑鬱症，應該是預防自殺的重要選項。

第五章

自殺心理初探

為自殺把脈

（一） 從佛洛伊德說起

　　理解自殺心理，可以由個別個案探討自殺者的心路歷程開始，或者在小說、文學、詩歌、話劇，甚至音樂、繪畫等藝術媒介上，尋找對自殺的不同表達。無疑，這些探討可以加深我們對自殺的體會，擴闊對生命、社會與周遭環境的視野，洗滌心靈之餘，更可重新檢視自殺與生存的恆久命題。可是，這一章要探討的並不包括以上的內容，我們更有興趣的是，超越個別例子，從理論性的探索、系統性的調查或數據化的分析，嘗試歸納和理解自殺者的心理。

　　心理學的範疇既寬且廣，也與其他學科如社會學、人類學、精神醫學有頗多重疊，不易界定須要涵蓋的題目。心理學的理論與學說頗多，但缺乏統一觀點，有實證支持的學說只在近年冒現，如果將各派學說一一陳述，恐怕只流於表面的描述而無法歸納。本章既是初探，介紹的範圍，只包括一些理解自殺心理的里程碑，其他與自殺心理比較枝節或不易串連起來的議題，篇幅關係，只好割愛。

　　上一個世紀的前半部，心理學與精神醫學都被佛洛伊德（Sigmund Freud）和他的信徒發展的心理分析（psychoanalysis）所主導。佛氏最初利用催眠術治療歇斯底里症（hysteria，一種由心理因素導致癱瘓、失聲等生理失常的症狀），逐步揭示人類潛意識世界，從而建立心理分析理論。在他晚年，龐大的學說幾乎無所不包，連世界文明、戰爭與和平，也可以找到心理分析的論述，可是，在廣闊的學說裡，從未有系統地分析自殺。

　　心理分析對自殺的觀點，大部分學者會追溯到佛洛伊德在一九一七年的著作——*Mourning and Melancholia*。佛氏在治療抑鬱症（melancholia，亦即現今的抑鬱症在一百年前的學名）患者的過程中，發現患者經常提到對自己的責備與不滿，可能源自失去身邊的親人或摯愛，患者對此人既愛且恨，在失去的過程中，產生巨大的失落、遺憾與憤怒，交集的感覺轉移到自己身上，對親人／摯愛的恨意變成了對自己的責備，而形成能在抑鬱症病人外表觀察到的自我責備、不滿、失望或甚至自殺意念與行為。

　　在 *Mourning and Melancholia* 一書裡，佛氏着力的是抑鬱症的論述，對自殺的看法只是由抑鬱症引申出來，但這並不是他對自殺的最後觀點。佛氏晚年提出了人性有死亡本能（death instinct，又名 Thanatos）的說法，認為死亡本能有驅使自我毀滅的力量，導致自殺。

　　死亡本能的看法，在當時的心理分析理論發展來說，並沒有太大的回響，接受心理分析治療的病人並非不會自殺，在佛洛伊德治療的個案裡，就有提及企圖自殺和自殺身亡的病例，可是在佛氏之後，心理分析對自殺的進一步闡述，便要到著名的美國精神科醫生 Karl Menninger 了。

　　Menninger 醫生在一九三八年出版的 *Man against Himself* 裡，提出自殺有三個基本組成部分：（一）希望死亡（wish to die）；（二）希望殺人（wish to kill）；（三）希望被殺（wish to be killed)。自殺者不單希望自己死去，也因為懷有殺死身邊親人的願望而感到內疚和自責，因而同時擁有自己被殺的希冀。因此自殺可以簡單歸納為一百八十度倒轉過來對自己的謀殺。

到七、八十年代，美國加州大學洛杉磯分校的 Edwin Shneidman 將自殺與心理痛楚（psychache）掛鈎。Shneidman 認為個人的心理需要可以不同，但失落的心理需要會產生心理痛楚，所謂心理痛楚是泛指一系列負面情緒，包括內疚、恐懼、羞恥、失敗、被辱、憤怒、孤獨、失望、仇恨等，當心理痛楚超越了可以承受的階段，便會導致自殺。

Shneidman 的心理痛楚概念是他後期對自殺作歸納式總結的看法，由於他是早年現代自殺學的奠基學者，心理痛楚的理論，廣受重視，也被認為是比較全面闡釋自殺心理的里程碑。

心理痛楚、對自己謀殺，與死亡本能都有相似缺點，就是只有單一心理角度解釋自殺現象。無論是死亡本能還是自我謀殺，心理分析學說着重的，是內心不同力量與希望的掙扎，流於主觀的臆測，未能客觀具體量度。而心理痛楚囊括了差不多所有負面情緒，無法達到有信度與效度的測量。三套學說都不能重複驗證與自殺的關係，在今天講求實證的研究氣候裡，理論不易深化，發展空間有限，也未能由學說建立出一套有效治療自殺的方法。

（二）絕望、解決問題能力及其他

經歷了半個世紀的心理分析洗禮，不少心理學家和精神科醫生在上一世紀的六十年代，開始在不同領域尋求有異於傳統心理分析的治療模式，這段時期見證了行為治療與認知治療的誕生，而與自殺有關的發展，要數美國賓夕凡尼亞大學（University of Pennsylvania）的 Aaron Beck，他提出絕望（hopelessness）是自殺的心理基礎。

Beck 是認知理論的始祖，早年的認知理論主要應用於抑鬱症病人，其後經過不斷的修改與豐富，逐漸涵蓋不同的精神健康問題，包括焦慮症、恐懼症、性格缺陷、狂躁症，甚至精神分裂症。早在一九六三年，Beck 提出絕望是聯繫抑鬱與自殺的樞紐，從認知理論來說，絕望是指對將來有負面的想法，對自己、過往和他人，都抱悲觀的態度。從表 5.1 的例子看，可以理解絕望是牽涉生活各方面的一種觀點，而非針對某一特殊範疇。

在過去的二三十年裡，有頗為大量的文獻證明絕望是自殺的重要元素。愈是絕望，自殺意圖愈高，求生意欲也愈低，自殺可能性也愈大。絕望與自殺意圖的相關係數（correlation，統計學上量度兩組現象一併出現及同時高低的概念），比抑鬱症與自殺意圖的相關數值還要高，亦即是說前一組的關係要比後一組更為密切。絕望與自殺意圖的關係，並不只在抑鬱症裡找到，在不同症狀如精神分裂症，也有相似的關係。

表 5.1　絕望的想法

• 將來是黑暗的
• 不能期望可以得到希冀的東西
• 事情並不會如願地發展
• 不能想像十年後的生活是怎樣
• 既然未能改善，倒不如放棄
• 不可能得到，也不須要努力爭取
• 希望成真是愚蠢的想法
• 前路只會令人不悅
• 以往的經驗不能帶來美好的明天
• 不能期望可以比其他人更好

　　在一系列的跟進研究裡，絕望的病人有更多的自殺行為，以一九八六年 Beck 在《紐約科學學會年刊》（*Annals of the New York Academy of Sciences*）發表的論文為例，一百六十五位住院治療自殺念頭的病人，在跟進十年後，十一位因自殺去世，當中十位在當年住院期間有明顯絕望想法。類似的跟進研究頗多，近年更有超過二十年的跟進資料，而且數據頗為一致。跟進研究發現，絕望比抑鬱症病徵，更能準確預測病人將來的自殺行為，似乎說明了絕望是自殺的一項重要機制。

　　綜觀絕望與自殺的研究，大部分集中在求診或住院的成人，老人的研究結果與成人頗為相似，但在青少年中，絕望與自殺的關係

並沒有如成人中找到的那麼密切。在醫院以外的社區，數據也頗為薄弱，令人懷疑絕望與自殺的關係是否只在求診病人中存在。

絕望與自殺的研究，帶出了新的疑問：究竟絕望只是一時短暫的想法，還是長期潛伏的認知缺陷？是什麼導致絕望的想法？如果絕望是導致自殺的重要機制，是否須要設計專門降低絕望想法的治療來預防自殺？

一九八二年，美國芝加哥大學醫學院（Chicago Medical School）的 David Schotte 與 George Clum 在 *Journal of Consulting and Clinical Psychology* 發表論文，認為解決問題能力薄弱的病人抵禦不了外來壓力會產生絕望的想法，而絕望可導致抑鬱，最終自殺。

有關自殺與解決問題能力（problem solving）的探討始自七十年代，可以說是與認知理論同時代的產物。大部分解決問題能力的研究都集中在企圖自殺的青少年身上，而非自殺身亡的類別。

比較企圖自殺者與普通人的解決問題能力，前者通常有如下特徵：二元化、僵硬、無效、被動、匱乏、缺乏信心及負面（表5.2）。這些對照研究，大部分集中在求診的青少年及二三十歲成年人身上進行，也有社區調查研究，小部分是跟進研究，量度企圖自殺者在危機過後，他們的解決問題能力是否有所改變。結論並非一致，綜合而言，自殺行為與解決問題能力薄弱有關，兩者經常一併出現，而且多次企圖自殺的人，能力薄弱的特徵更是明顯。

表 5.2　企圖自殺者解決問題的常見特徵

一、二元化：非此則彼而沒有中間着墨
二、僵硬：面對不同挑戰，只沿用同一方法，不懂改變策略應付
三、無效：方法經常未能解決困難
四、被動：解決方法經常倚靠別人分擔或只靜待時間沖淡問題
五、匱乏：頂多只有兩三個方法應付複雜問題
六、缺乏信心：沒有信心所採用的解決方法可以應付問題
七、負面：在執行時，經常注意及過度重視解決方法的不良影響與後果

　　在解決問題能力的範疇裡，其中一個亟待解答的，是孰先孰後的疑問（圖5.1）。可以簡單的想像，一個解決問題能力薄弱的人，當遇上重大挫折備受壓力，容易被困難拖垮而產生情緒低落及絕望的想法，從而踏上自殺的途徑。解決問題的能力是他待人處事的特徵，也是導致自殺的源頭，治療的目標自然是訓練及提高解決問題的能力。可是倒轉過來亦可作如下的詮釋：遇上挫折壓力，容易令人情緒低落，悲觀的想法不單令人滿腹愁緒，也驅使人只從負面看問題，經常回憶過往失敗的例子而忘記曾經成功的光輝，從而產生絕望的想法。在情緒低落與絕望籠罩下，解決問題的能力會被削弱而產生表5.2的特徵，進而踏上自殺之路。從這角度看，薄弱的解決問題能力，只是情緒低落與絕望的產品，當情緒好轉及人變得樂觀時，解決問題的能力也會隨之進步，治療的重點變成了如何治癒情緒、扭轉絕望這一環節上。

　　以上的兩組推論並非不可相容，實際生活經驗顯示，解決問題與情緒起落，可以是互為影響的（圖5.1）。在臨床研究上，似乎有較多證據支持第一個論點，即解決問題能力薄弱是持久的特徵，並不會因情緒好轉而能力進步。但亦有數據支持情緒低落與解決問題能力薄弱各自導致自殺行為，兩者並不互相從屬。似乎解決問題能力、情緒低落與絕望三者間複雜的關係，並沒有令人一致信服的看法，亦正正表示自殺現象的背後，藏有多種相關的、互為影響的因素，如果只取其一，相信並未能窺得自殺的全貌。

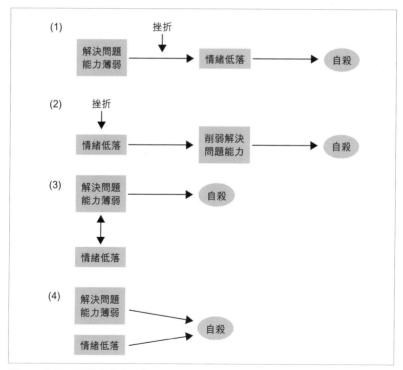

圖 5.1　解決問題能力與自殺的不同關係

為自殺
把脈

　　臨床經驗清楚顯示，頗多企圖自殺或自殺身亡的個案，最後導火線是人際間衝突和感情問題，常見的莫如男女朋友分手、夫妻離異、與親人好友的爭執、誤解、被人誣衊的氣憤、對愛侶忠誠的猜疑，或者是對逝去感情的癡纏等。這個觀察應用在自殺心理上，逐漸發展出近年最新的觀點。

　　二〇〇二年，美國佛羅里達州州立大學的 Thomas Joiner 提出了 interpersonal-psychological theory。顧名思義，Joiner 強調人際間的困難，是導致自殺的主因，困難主要突顯在兩方面：（一）強烈感到自己是他人的負累；及（二）與別人沒有任何聯繫。當然並非有以上兩項先決條件便會自殺，Joiner 還提出了自殺的「能力」可能是透過以往企圖或嘗試傷害自己的過程中，逐步建立起來。

　　Joiner 提出的，是近二十年對自殺心理比較全面與突出的理論，概念具體而細緻，嘗試利用簡單模式解釋複雜的自殺現象，也開始有初步的數據支持。二〇〇五年 Joiner 出版了一部小書：*Why People Die by Suicide*，全書二百多頁，行文清楚易明，絕無學院味道，由他父親自殺過身開始說起。有興趣的讀者，筆者願意推薦一讀。

（三）傾向自殺的性格

自殺心理的另一項重要議題，就是對自殺者的性格探討。議題的焦點集中於：什麼的性格特徵及通過何種機制會增加自殺的可能性？

就本章而言，性格是指個人的思考、情緒、行為和待人處事的特徵，性格在青少年期開始形成，在成年期變得穩定。傳統上，性格的特徵是建立於一系列思考、情緒和行為的形容詞上，例如說內向、樂觀、好勝、孤獨、情緒化等。近年，由於量度性格工具和統計學的發展，心理學家發現很多性格特徵是互相重疊及相關，因而可歸納為數個有代表性的因子。

僅就自殺而言，須要指出的是，並非每一位自殺人士都有性格問題，所謂某些性格特徵可能導致或提高自殺傾向，也不表示一種命定、必然，或一成不變的關係。性格不是恆久持續獨立不受外來影響的物質，生活環境與際遇的轉變，可以塑造、加劇或減退某些性格特徵，傳統上由性格問題導致自殺的單軌想法，未必是真相的全部。

籠統的說，在自殺身亡的人口裡，大概百分之三十有性格問題，年輕的自殺者比年老的，性格問題更為普遍。在企圖自殺的人口裡，有百分之三十到九十有性格問題，由於企圖自殺的定義不同（見第三章〈一個糾纏不清的概念〉）、採納樣本來源有異（精神科

病人、住院病人、門診病人等），結果有頗大的參差，中位數大概是百分之七十左右。總的來說，無論是自殺身亡或企圖自殺的人口裡，性格問題並非少見。

與自殺行為相關的性格問題，大部分研究都指向邊緣性格（borderline personality）及反社會性格（antisocial personality）。表5.3和表5.4分別列出了兩類性格的常見特徵，讀者不妨按圖索驥，找出可能增加自殺風險的性格特徵。

表5.3　邊緣性格常見特徵

• 有長期空虛的感覺
• 情緒反應強烈而不穩定
• 經常未能控制怒氣
• 做事衝動
• 自我形象不穩固
• 人際關係頗為極端，且經常劇變
• 害怕被人遺棄
• 經常有重複自毀行為
• 在壓力下可能有短暫妄想等症狀

表 5.4　反社會性格常見特徵

• 有違法行為
• 用各種不同手段從事欺詐
• 做事衝動
• 有暴力行為
• 罔顧自己及他人安全
• 持續不負責任行為
• 對於給造成別人的傷害並無內疚或歉意

　　邊緣性格患者的自殺率明顯比普通人高，在跟進三年內自殺身亡的機率大概是百分之三至四左右，跟進二十年後自殺機率增至百分之七。邊緣性格病人經常有重複的企圖自殺行為，也是令眾多精神科醫生與心理學家頭痛的臨床挑戰。

　　換言之，無論從尋找自殺者的性格出發，還是性格問題患者的跟進研究，都找到自殺與性格問題互相重疊的證據。

　　以上有關自殺與性格問題的數據，差不多全部都來自求診病人的統計，自殺行為當然會增加他／她們的求診／住院的機率，令人不禁懷疑兩者的關係，只局限於診所或醫院的病人裡。八十年代末期，瑞典的 Karolinska Institute 的 Peter Allbeck 和他的同僚對五萬多位在一九六九到七〇年在瑞典受強迫徵兵的年輕男士作追蹤研究，在服役後的十三年裡，發現有高達百分之五入伍時有性格問題的男士自殺身亡，不單比普通人口的自殺率要高，與病人跟進研究裡找到的自殺率相比也低不了多少。Allbeck 的研究雖然只局限

於男性，但提供了有力的證據，說明性格問題與自殺的密切關係，不止在病人身上發生，也與求診無關，性格問題帶出的種種問題，可能是導致自殺的眾多機制之一。

　　細心閱讀表5.3及表5.4列出的性格特徵，不難發現，衝動是邊緣性格及反社會性格的共同特徵，衝動與自殺有密切而複雜的關係。在心理學上，衝動可以有幾個層次的含意和量度方法，在不爭論細節下，衝動可以泛指行事不經思考，不顧慮當時環境、情況和後果而作出即時反應。在眾多的性格特徵與自殺的研究中，衝動可以算是談論最多的議題，在企圖自殺與正常對照組的比較研究裡，在衝動性格病人的跟進研究裡，或是自殺者家屬形容死者生前性格的報告裡，都找到衝動性格與自殺的關係，愈是衝動，愈可能採用致命或暴力的自殺方法。

　　在不同的精神病裡，如精神分裂症、驚恐症和酗酒，都可以找到衝動與自殺的連繫。將抑鬱症的病人分成有或沒有自殺紀錄兩組，會發現有自殺紀錄的病人比較衝動和有更多的暴力行為。在邊緣性格的眾多特徵之中，做事衝動最能預告將來的自殺行為。似乎衝動與自殺有相當直接的關係，也不以精神病的類別為連繫機制。

　　衝動與自殺的關係，在年輕人身上至為明顯，老年人自殺相對比較計劃周詳，無論在自殺行為的鋪排或性格問題的多寡上，老年人自殺與衝動的關係並不密切。

　　年輕人自殺與衝動性格的連繫，又與他／她們的童年遭遇扯上點關係，在追溯自殺青年的成長過程，不時找到一系列惡劣成長經驗，包括童年時曾遭虐打、性侵犯、目睹家庭暴力等，這些童年經驗，在衝動的自殺行為、早發的自殺紀錄及重複的自殺行為中，更是明顯。倒轉過來，無論是在臨床系列或大型社區研究，都發現童年被虐（包括身體或性虐待）是青少年及成人自殺的高危因素之一。而童年被虐所引發起的成長問題，並不只自殺，還有一系列衝動性格、情緒障礙、抑鬱症、人際衝突、濫交、濫用藥物、酗酒、暴食症、犯法等相關行為。綜合而言，自殺，尤其是年輕人自殺，可以是童年惡劣成長經驗的累積後果，而衝動性格可能是將兩者聯繫一起的重要機制。

　　這裡還需要補充的是，惡劣童年經驗所產生的一系列包括自殺的成長問題，還牽涉到控制情緒和記憶的腦部發展異常和分泌壓力荷爾蒙皮質醇失調等生理現象（見第六章〈自殺的生理基礎〉）。而衝動性格及自殺，並非單單是成長經驗所造成，還有遺傳的基礎（見第七章〈尋找自殺的基因〉）。

　　成長經驗、性格問題、精神病及當時環境的挑戰，都有非常互動的關係而導致自殺（圖5.2），不同的性格在處理不同的生活挑戰也可以有迴異的結局，究竟是怎樣的性格問題與環境挑戰才是致命的組合？更複雜的是，人並非被動地等待環境挑戰的動物，性格會塑造我們周遭的環境與際遇，開朗的人會交上更多願意幫助他

的朋友，衝動的人會為自己製造連綿不斷的人際衝突。當我們說自殺，尤其是年輕人自殺，是一時衝動造成，可曾意會到衝動背後的遺傳基礎、腦神經異常、成長厄困和與環境互動的關係？

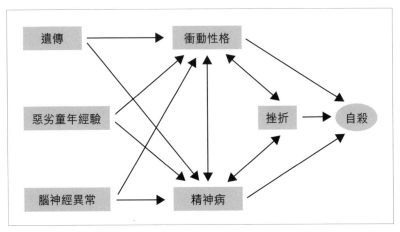

圖 5.2　衝動與自殺

（四）遺書的啟示

遺書不是普通的書信、日記或字條，也不是日常閱讀的作品或文件，內容少有表達意見、主張或學說，更不會預先寫好作將來不時之需。絕大部分遺書是自殺者死前的遺言，是預備了結自己生命前一刹那的溝通，是出自死者親筆，比跟自殺者親屬好友面談，更直接揭示自殺者自殺前的心理狀況。

　　相傳最古老的自殺遺書，出自公元前十四世紀服務古埃及法老王阿蒙霍特普三世（Amenhotep III）的先知，由於擔心他預言的後果，這位先知留下遺書然後自殺，先知的遺書與法老王的陵墓在三千年後，仍屹立在埃及的帝王谷裡，成為考古學家發掘的寶藏。

　　近代西方自殺遺書的研究，可追溯到十九世紀法國醫生 Brierre de Boismont。Boismont 是一位多產作家，最重要的作品可能是對幻覺的論述。一八六五年，他出版了 *Du Suicide et de la Folie Suicide*， 英 譯 為 *Of the Suicide and of the Madness Commits Suicide*，據稱書中分析了一千三百二十八篇自殺遺書，可是 Boismont 對遺書的見解鮮被提及。

　　真正對遺書作系統研究，要數一九五七年由美國加州大學洛杉磯分校的 Edwin Shneidman 和 Norman Farberow 合著的 *Clues to Suicide* 一書。作者搜集了從一九四四到一九五三年這十年間藏於當地死因研究庭的七百二十一篇自殺遺書，從此展開了現代自殺學對遺書的研究。

　　由一九五七年到今天的五十年間，研究遺書的論文不下好幾十篇，大部分在七十年代發表，近年較為少見，研究內容集中在以下三個方向：（一）比較有或沒有留下遺書自殺者的分別；（二）比較真正和假冒遺書；及（三）遺書內容分析。

為自殺
把脈

大概百分之二十的自殺者會留下遺書。由於差不多所有找到遺書的個案會促使死因法庭頒下自殺的裁決，而經過法庭手續確認自殺的個案，只佔真正自殺數目的一部分（見第二章〈一個世界性的問題〉），有理由相信，百分之二十已經是高估了自殺留下遺書的比例。偏低的百分比令人不禁疑問，遺書能否真正代表整體自殺人口的心聲？

將有或沒有留下遺書的自殺者比較，兩組在性別、種族、自殺時間、自殺方法、精神健康等分布上，都沒有明顯的分別。其他譬如說將宗教、工作、居住狀況、身體疾患等比較，結果零碎而不統一，並未能為「誰會留下自殺遺書？」這問題提供思考的線索。年輕自殺者或與年輕相關的特徵（如學生、婚姻並非鰥寡等），較多留下遺書。除此之外，沒有以往自殺紀錄的人，可能覺得有需要解釋他／她們的自殺，也較多寫下最後的遺言。更加觸目的應該是，高達百分之八十的自殺者，在生命走到盡頭的片刻，並不覺得需要對任何人留下片言隻語，自殺可真是孤獨的表現。

在六十到八十年代，研究遺書的一個常見方法，就是邀請一批並非自殺的普通人，想像及寫下他們「自殺前的遺言」，然後將這些假冒遺書與真正自殺者留下的真遺書比較，企圖探索自殺的心理狀況。將「真」、「假」遺書比較，前者有較多重複的寫法、絕對的字眼（如「從來沒有」），較多談及愛、憤怒、神及宗教，而較少形容詞、助語詞。從整篇遺書的內容判斷，「真」、「假」遺書在成熟程度、親切感、時序，或思考方法上並無分別。更多的比較是建基

於當時頗為流行的心理理論和心理分析方法去判斷「真」、「假」遺書是否與該預設理論吻合。

「真」、「假」遺書的比較，雖然利用不同手法分析，也橫跨三十年，可是並沒有帶來任何重大的啟發。更可惜的是，當有關的心理學說不再流行，該類研究便沒有當代意義，也失去了繼往開來的價值，到了九十年代，有學者表示應該放棄比較「真」、「假」遺書這類沒有意義的研究。

遺書既被視為溝通，內容當然是熱切探討的題目，而其中的寫作方法、具體特徵和涵義，跟自殺者的年紀關係最為密切。年輕的自殺者傾向寫較多、較長的遺書，也經常記下書寫的日子和時間，遺書的對象多是父母、兄弟姊妹或朋友。老年自殺者的遺書通常只有一篇，字數較少，不單沒有年月日，更沒有抬頭人，彷彿任何人也可以是遺書的讀者。

很多遺書都有最後指示，年輕自殺者的遺書，最常見是說他／她死於自殺，其次是照顧家人和清還債務。中年自殺者遺書指示更多，包括遺產處理、照顧家人、殯葬安排、清還債務等。老年自殺者的遺書，除了說明是自殺外，就只對殯葬安排有所指示，其餘的並不多見。遺書的指示，可以說是自殺者的遺願，差不多每篇遺書都有，中年自殺者的遺願更多，遺願好像說明他／她們對生活仍有一點眷顧，可惜眷顧並未能轉化成延續生命的動力。

對研究來說，遺書最重要的內容，莫過於說明自殺者臨終前的心理狀況，更有不少心理學家，嘗試對遺書中表達的自殺動機作出分類，探討自殺背後的心理。表5.5列舉了遺書裡常見的自殺動機，當然並非每篇遺書都可以清晰無誤地將內容分門別類，少數遺書只反映自殺者精神錯亂的思緒，亦有不少同時表達好幾個重疊的主題，既是抱歉、矛盾，亦有埋怨。

表 5.5　遺書常見的自殺動機

• 尋求解脫，再不能忍受現在的苦況或痛楚
• 絕望，疲倦，自我責備或不願負累他人
• 孤獨，失落，祈求來生再與戀人重逢
• 抱歉，請求原諒，寬恕
• 矛盾；將自殺成功與否，交予命運決定
• 憤怒，敵意，尤其對令他／她們失意的戀人／親人，同時表達愛意與受創的憤恨

年輕自殺者的遺書，情緒濃烈，怨恨、失望、矛盾、孤獨，不一而足，差不多有留下遺書的，都有不同類型和層次的情感，而其中最常見的，竟然是要求家人——尤其是父母——原諒他／她們的自殺。姑勿論這些年輕人自殺的動機為何，在自殺前，年輕人清楚知道，自己將做錯事而祈求家人的寬恕，對這部分明知犯錯仍要自殺的年輕人，他們需要的，並不是生命意義的教育，而可能是多一點的關懷、明白、體諒與支持。

　　與年輕人剛好相反，老年自殺遺書內容較少情緒表達，有的，絕大部分只表示疲倦與希望解脫。

　　此外，遺書並不多提及自殺者臨終前面對的困難與苦惱。舉例說，欠債纍纍的自殺者，在遺書裡並不多話及自己的經濟困難。同樣地，少於一半有惡疾纏身、人際衝突的自殺者會在遺書裡談及他／她的疾病或關係問題。似乎，在決定自殺及付諸實行的瞬間，自殺者着眼的和腦袋裡充斥着的，並不再是曾經纏繞的苦惱，而可能只有滿心負面的情緒。

　　總的來說，過去五十年對自殺遺書的研究，並未能達到了解自殺心理的預期目標。只有少數自殺者留下遺書，而經常表達的，是不同組合的情緒困擾而無統一視點，導致自殺的困難與誘因也經常欠奉，不少遺書是沒有年月日、沒有抬頭，只在自殺當地草草寫下這是自殺，指示殮葬安排而已。這情況與五十年代雄心萬丈相信遺書是揭示自殺心理，是打開自殺秘密的鑰匙的看法，相去甚遠。Edwin Shneidman 回顧遺書的研究，修正了五、六十年代的看法，提出自殺者在自殺的當下，有一種集中而狹窄的心理狀況，除了盤旋着自殺與否的選項外，便沒有其他念頭，因此遺書便顯得重複、單調，只有三數個題材，而未能揭示驅使自殺的心理。然而遺書畢竟是自殺者生前最後的溝通，在嘗試了解他／她們面對死亡的臨終智慧，得出的只是負面和不可知的答案，不能不說有點反高潮的意味。

為自殺
把脈

　　由一百年前佛洛伊德龐大宏偉的心理分析開始，到遺書片言隻語的推敲分類，見證的是連綿不斷多角度對自殺心理的探索，由以往想當然學術性的臆測與討論，到今天數據化的分析，揭示的似乎是，沒有一套理論足夠解釋自殺的複雜心理。自殺是一個經不同途徑抵達的終結，背後可能沒有統一的心理基礎，在不同角度的探討，折射出來的自殺心理現象，可能只是該角度的視野與局限。

第六章

自殺的生理基礎

（一）一九四八年血清素的發現

自殺的生理基礎可能對大部分讀者，尤其是非醫護人員，是個陌生的題目。大家慣於理解自殺是壓力問題，也可能接受自殺是心理異常，或者是對突如其來的厄運的不健康反應，但將自殺說成是有腦神經生理異常的問題，可能未必容易消化。事實上，自殺的生理基礎，只在近一二十年間，才有比較明顯的發展，隨着近年對腦部功能、生理和結構的進一步認識，腦部顯影技巧的發展，生化學的基礎掌握與行為遺傳學的開創，很多精神疾患，包括自殺在內，開始了前所未有的腦神經科學研究，更有學者認為，過去十年是研究腦部的黃金歲月。本章和下一章（第七章〈尋找自殺的基因〉），嘗試用非醫學的語言去探討自殺的腦神經科學和它的遺傳基礎。

自殺的生理基礎要由一九四八年發現血清素（serotonin）開始說起。美國紐約哥倫比亞大學的 Maurice Rapport 在 *Journal of Biological Chemistry* 發表一系列論文，報告提及提煉和分析一種可以令血管收縮和增加腸蠕動的物質，由此開展了對血清素的認識。五年後，研究發現，血清素不單存在血液之中，還可在腦袋及脊髓神經（spinal cord）找到。六十年代，已經確認腦部的一些神經系統是利用血清素作神經細胞之間傳遞訊息之用。這個系統由腦幹的縫際核（raphe nucleus）出發，分散伸延到大腦的額葉（frontal lobe）、紋狀體（striatum）、邊緣系統（limbic system）、海馬體（hippocampus）、腦下丘

（hypothalamus）等地方（圖6.1），有主管及調節情緒、睡眠、食慾、體溫和性慾的功能。

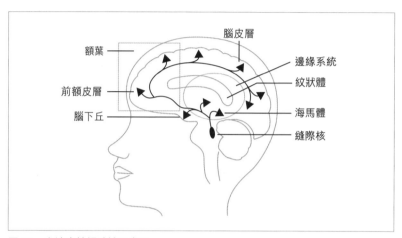

圖 6.1　血清素神經系統示意圖

　　利用血清素作傳遞訊息的神經系統還包括由腦幹到小腦（cerebellum）和脊髓神經，主管肌肉張弛與協調。血清素還會周遊全身，有收縮血管與增加腸蠕動的作用，但這些功能與自殺無關，不再論述。

　　最基本的神經細胞由接收訊號的樹突（dendrite）、細胞核（nucleus）和發出訊號的軸突（axon）所組成（圖6.2）。由一個神經細胞的軸突到下一個神經細胞的樹突，中間隔着一個叫突觸（synapse）的空隙。神經細胞的訊息經神經脈衝（nerve impulse）抵達軸突的末端，令囊泡（vesicle）分泌腦遞質（neurotransmitter）到突觸，腦遞質跨過突觸，與下一個神

經細胞樹突表面的受體（receptor）結合，產生下一個腦神經脈衝的訊息，或經層層複雜的生化程序，指示神經細胞工作（圖6.3）。如此，神經細胞之間達到了傳遞訊息和指派工作的能力。

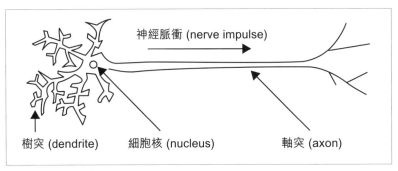

圖 6.2　神經細胞的構造

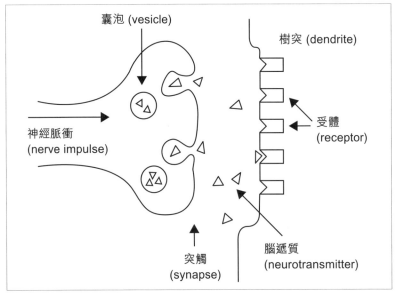

圖 6.3　突觸的構造

血清素作為腦遞質的一員，當然便有與血清素結合的受體，血清素受體頗為複雜，它經過好幾百萬年的突變與進化，已經衍生成七大家族（5-HT1–5-HT7），而各家族可有不同成員，例如5-HT1家族便有1A、1B、1D、1E、1F、I-like等成員。血清素受體眾多，分布在不同器官，各司其職，但與自殺關係最密切的可能是5-HT1A、1B與2A幾種受體。

（二）一九七六年的突破

一九七六年，瑞典Karolinska Institute的Marie Asberg在精神醫學首屈一指的叢刊 *Archives of General Psychiatry* 率先發表有關血清素失調與自殺的第一篇論文。在六十八位抑鬱症病人裡，Asberg發現曾經企圖自殺的病人，他們的腦脊髓液（cerebrospinal fluid，一種由腦部分泌、並分布在腦室與脊髓的液體）的5-HIAA（5 hydroxylindoleacetic acid，血清素的代謝物）明顯偏低。腦脊髓液一般在病者背部腰脊骨節間抽取，箇中的5-HIAA也可以由脊髓神經分泌，但腦脊髓液中5-HIAA的濃度，卻與腦部血清素的新陳代謝有密切關係，腦脊髓液5-HIAA偏低，間接代表腦部血清素功能減退。Asberg的發現，是首次將腦部血清素失調與自殺連繫一起，從此開拓了對自殺生理基礎的全新探索，不單前瞻，更是劃時代的研究，如果自殺學有諾貝爾獎，Asberg可領之無愧。

為自殺
把脈

一九七六年之後的三十年，有超過二十篇研究論文反覆證實 Asberg 當年的研究結果。腦脊髓液 5-HIAA 濃度偏低，不單在抑鬱症自殺病人找到，也在精神分裂症自殺病人、酗酒的自殺病人同樣找到。在採用暴力、可以致命的自殺方法（如使用槍械、吊頸等自殺方法）的病人身上，5-HIAA 偏低的情況尤其明顯。在非暴力方法自殺（例如服藥自殺）病人身上，腦脊髓液 5-HIAA 的濃度並沒有明顯下降。而企圖自殺行為愈是衝動與頻密，腦脊髓液 5-HIAA 愈偏低。

八十年代，首批量度腦脊髓液 5-HIAA 病人的跟進研究出籠，5-HIAA 偏低並不會因病人從抑鬱症康復後有所糾正。大概五分之一曾企圖自殺而 5-HIAA 偏低的病人，在一年後自殺身亡，是 5-HIAA 正常水平病人的自殺率的十倍。在跟進五年後，大概一半 5-HIAA 偏低的病人，有另外一次企圖自殺行為。似乎在企圖自殺的病人裡，腦脊髓液 5-HIAA 的高低，可以預測未來自殺危機。

除了血清素代謝物 5-HIAA 偏低外，另一研究血清素的方法，是利用一種叫 flenfluramine 的化合物來刺激分泌血清素，而腦部血清素的多少，則可以由血液裡的催乳激素（prolactin）的分泌增多間接反映出來。企圖自殺的病人中，服用 flenfluramine 後催乳激素的增加明顯遲鈍，反映腦部血清素並沒有因 flenfluramine 的刺激而活躍起來，這個異常現象，在以暴力及可能致命方法企圖自殺的病人身上，尤其明顯。

　　腦脊髓液 5-HIAA 與利用 flenfluramine 的研究，都只是間接量度腦部血清素功能，近年，以美國紐約哥倫比亞大學 John Mann 為首的研究隊伍，積極探索直接量度血清素在腦部不同位置的功能。在比較自殺與疾病致死病人的腦部剖驗研究中，Mann 的研究發現，自殺病人腦部腹側前額皮層（ventral prefrontal cortex，有遏止衝動反應的功能），明顯較少血清素運輸，反映腦部對此位置提供較少的血清素。在同一腦部位置上，又發現血清素的受體 5-HT1A、5-HT2A 明顯增多，血清素受體增加，相信是血清素減少後出現的補償反應，也說明了自殺者腦袋裡的血清素，尤其在腹側前額皮層的位置上，功能減退。血清素受體的增加，並不只在患上抑鬱症自殺病人中找到，在精神分裂的自殺者中，也同樣出現。

　　除了對自殺者腦袋的剖驗外，近年更開始有對企圖自殺者腦部功能顯影的研究，利用正電子發射斷層掃描（positive emission tomography, PET）及單光子電腦斷層掃描（single photon emission computed tomography, SPECT）等技術，將企圖自殺病人跟一系列不同病患而沒有企圖自殺的對照組比較，發現企圖自殺者腦袋的腹側前額皮層位置，血清素功能的新陳代謝速度減慢，血清素 5-HT2A 受體並不活躍。這些異常在衝動企圖自殺的病人身上，更是明顯。

　　無疑，利用功能顯影技術去探索自殺背後的生理基礎，只是起步階段，探索的範圍，也不只限於腹側前額皮層的位置，結果也並

非完全一致，但矛頭指向血清素失調與自殺的關係，則與過去二十年的研究頗為吻合。

綜合以上的線索，可以歸納自殺者腦袋的血清素有功能減退的問題，此減退並不從屬於特定精神病患，也與精神病康復無關，卻明顯多在使用暴力及可能致命的自殺方法的自殺者身上出現，由於腹側前額皮層有遏止衝動的功能，而血清素在此位置的功能減退，可以令遏止衝動的功能失效，可能造成患者在困擾下，衝動地採用暴力的自殺方法了結生命。

（三）導致血清素失調的機制

在了解腦部——尤其是腹側前額皮層——血清素功能減退是自殺的可能生理基礎後，下一步，不能不問，是什麼因素及通過何種機制導致腦部血清素的失調？雖然肯定的答案尚未找到，但也有一點點頭緒。

當人面對龐大壓力時，腦部的腦下丘（hypothalamus）會分泌促腎上腺皮質釋放激素（corticotropin-releasing hormone, CRH）到腦下垂體（pituitary），後者指示腎上腺（adrenal gland）分泌腎上腺素（adrenaline）及皮質醇（cortisol）（見圖 6.4），他們的短暫作用可使心跳加速、血管收窄、血壓上升、瞳孔放大、加速腦部使用血糖，促使身體準備更多能量，可以說是

身體應付挑戰與壓力的重要一員。皮質醇長期持續過多的分泌，可導致一系列身體疾患，包括高血壓、糖尿、胃潰瘍和免疫系統異常等。至於皮質醇對腦部的「毒」性，則只在近年才開始明白。

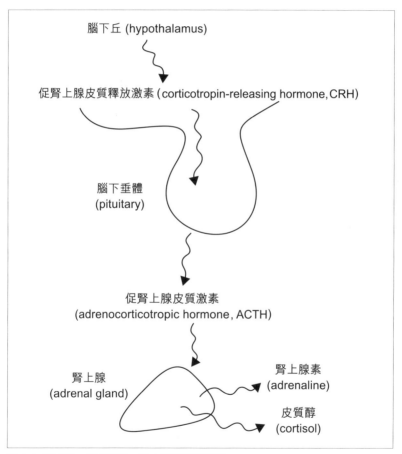

圖 6.4　腦下丘—腦下垂體—腎上腺軸線示意圖

為自殺
把脈

在自殺或企圖自殺的病人裡，可以找到腦下丘／腦下垂體／腎上腺軸線（hypothalamic-pituitary-adrenal axis, HPA）過度活躍的證據。譬如說，企圖自殺的病人，尤其採用暴力方法自殺的病人，血液裡有過高的皮質醇。在自殺身亡人士的腦脊髓液裡，有過高的促腎上腺皮質釋放激素，他們腦部的額葉皮層（frontal cortex）也有因促腎上腺皮質釋放激素過多而出現 CRH 受體減少向下調節的現象。服用地塞米松（dexamethasone）一般可減低皮質醇的分泌，可是患上抑鬱症而又企圖自殺的病人裡，皮質醇分泌偏高，不受地塞米松抑壓，而且比同樣患上抑鬱症但沒有自殺的病人還要高。跟進研究發現在地塞米松未能減低皮質醇分泌的病人裡，他們未來的自殺率也明顯偏高。以上的線索都提示，過度活躍的腦下丘／腦下垂體／腎上腺軸線及過高的皮質醇分泌與自殺現象有關。

皮質醇與血清素的「瓜葛」，主要集中在中樞神經系統使用血清素的一個重要線路，這系統由腦幹的縫際核到大腦兩側顳葉（temporal lobe）皮層下的海馬體（hippocampus）。海馬體主管記憶，也連接邊緣系統（limbic system）主宰情緒控制，連接大腦兩邊的腹側前額皮層，腹側前額皮層是抑制衝動的樞紐。海馬體不單有豐富的血清素受體，也有皮質醇受體，可以說血清素與皮質醇互為影響，並調節海馬體的功能。

在動物的實驗裡，長期注射高劑量的皮質醇或令動物長期處於緊張環境下，會減低腦部血清素的釋放，也使海馬體內血清素受體

5-HT1A、5-HT1B 減少。在兩三星期後，海馬體的腦細胞開始出現枯萎的情況，甚至死亡，海馬體的體積也有縮小的趨勢。

皮質醇如何導致海馬體神經細胞死亡，尚未完全明白，可能是抑制神經細胞使用血糖，也有意見認為皮質醇可使大量鈣離子湧入神經細胞而導致細胞「中毒」死亡。近年海馬體的神經細胞死亡，更與大腦衍生營養因子（brain derived neurotrophic factor, BDNF）拉上關係。

大腦衍生營養因子的由來，可以由一九八六年諾貝爾醫學獎得主、美國華盛頓大學意大利籍科學家 Rita Levi-Montalcini 說起。五十年代，Montalcini 將老鼠的癌組織放到雞的胚胎裡，發現胚胎附近的神經組織有明顯增生的現象，更有趣的是，在沒有直接與癌組織接觸的地方，同樣有神經組織增生的情況。其後十年，Montalcini 和她的同僚終於提煉出當年實驗中由老鼠癌細胞分泌出來、可以刺激神經細胞生長的因子（nerve growth factor, NGF），從此打開了神經系統生長的奧秘。大腦衍生營養因子是繼神經生長因子之後相繼被發現的眾多因子之一，有促進神經細胞生長、改造突觸與維持神經細胞生存的功能，大腦衍生營養因子在大腦皮層和海馬體，最為活躍。

當細胞表面的受體受到皮質醇刺激時，會通過細胞內一系列的信差（messenger，如 cAMP 和鈣離子）和蛋白酵素（protein kinase，一種可以轉移磷酸到各種蛋白的酵素），刺激細胞核內

的另一組叫 CREB 的蛋白（cAMP response element binding protein），CREB 具備與遺傳密碼 DNA 結合的功能，因而達到控制基因表達的開關能力。在神經細胞中，CREB 蛋白控制的基因之一，就是在第十一條染色體的大腦衍生營養因子基因（圖 6.5）。當此基因受 CREB 蛋白關閉時，大腦衍生營養因子就會減少，令神經細胞，尤其海馬體的神經細胞萎縮及枯死，進而降低血清素系統的功能，導致情緒低落、抑鬱，而海馬體的功能減退，透過連繫一起的系統，可以使腹側前額皮層失去遏止衝動的能力，使患者遇上厄困時，容易有衝動暴力的自毀行為。

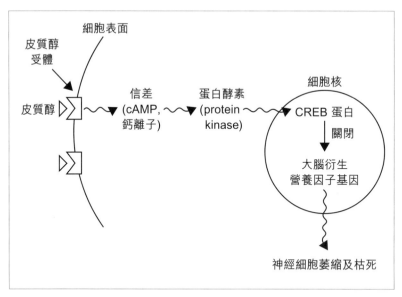

圖 6.5　控制大腦衍生營養因子的機制

以上大腦衍生營養因子與自殺的關係，近年在美國芝加哥伊利諾大學的研究人員努力下，逐步得到確認。在比較自殺者與對照組的前額皮層與海馬體位置上，發現自殺者的蛋白酵素、CREB蛋白、大腦衍生營養因子和因子的Trks受體，都有減少的情況，提示了在腦部的特定位置導致神經細胞枯萎死亡的機制與自殺的生理基礎存在密切關係。

由證實企圖自殺人士的腦脊髓液血清素代謝物偏低，到找到海馬體與腹側前額皮層血清素功能減退，再發展到理解控制血清素失調的機制可能包括長期過度壓力、過多皮質醇及影響神經細胞生長的大腦衍生營養因子等，過去三十年的研究，就如剝洋蔥般，一層一層勾畫出自殺的可能生理機制，也逐步描清了尚需解答的問題，在可見的將來，自殺腦神經生理基礎的課題，將有更加蓬勃的發展。

須要強調的是，以上是極其粗疏的輪廓介紹，自殺者的腦生理異常，至今仍只是整體組別上與對照組的分別，而非每位自殺者都有上述的異常，這組別上的分別以衝動和暴力自殺的患者最為明顯，可是，並非每宗自殺都是衝動引起，利用以上腦生理異常解釋病理基礎的，也不止自殺一項，所以這些腦神經生理異常，也遠遠未足以在臨床上作為預測自殺的生物指標。

對於大部分並不熱衷於醫學或生理學研究的讀者而言，本章以上的描述可能過於技術性，也流於枯燥。強調自殺的腦神經生理異

常，並非旨在將自殺問題醫學化。在不再糾纏於更多生理與病理複雜細節下，簡單的結論可能是，自殺並不可還原成壓力問題，而所謂壓力，在醫學的角度，是可以啟動複雜的生理機制而導致自殺，理解自殺背後的生理基礎，可以開拓全新的視點預防自殺與治療可能自殺的高危人士。大部分的自殺並非單一因素造成，僅以腦生理異常最為明顯的衝動自殺為例，這些腦神經生理異常如何與生活際遇、精神疾患、心理因素等互動而導致自殺，仍未有一個清晰的說法，可是完全忽略自殺的生理基礎，卻有錯失醫學發展帶來探索自殺機遇之虞，在可見的將來，這班科技列車，只會更高速前進，窺探迄今仍未知曉的自殺背後的種種虛實。

第七章

尋找自殺的基因

（一） 自殺的遺傳基礎

一七九〇年，曾任劍橋大學聖三一學院院士、英國根德郡教區教長的 Charles Moore 在他的著作 *A Full Inquiry into the Subject of Suicide* 裡，從神學角度就自殺的道德、倫理、哲學、文學與法律作綜合性的探討，此書近乎古籍，行文也非現代英語，寫作方法是典型長句子、複雜用語、充滿推理邏輯與反問推敲，也缺乏插圖，兩部頭巨著的典籍，並不容易消化。Moore 是博學多才書生型的教士，從當時宗教的角度看，當然不贊成自殺，可是他卻提出了自殺傾向有遺傳可能的觀點，以二百多年前對自殺的有限理解，Moore 的觀察與推論，實屬難能可貴。

雖然二百年前已經提出自殺可能有遺傳基礎的疑問，較具說服力的證明，還是近二三十年才開始出現。近代對自殺的遺傳研究，集中在四個方面：家系研究（family study）、雙生子研究（twin study）、領養研究（adoption study）和分子遺傳學（molecular genetics）。

自殺在同一家族內出現並不多見，可是卻經常惹來討論，最出名的可能是憑《老人與海》一書在一九五三年奪得普納茲獎（Pulitzer Prize）、一九五四年獲頒諾貝爾文學獎的美國作家海明威（Ernest Hemingway）。海明威的爸爸是位醫生，在海明威二十九歲時吞槍自殺。幾年後，海明威的媽媽將爸爸自殺的手槍送給海明威作聖誕禮物。海明威晚年多病，酗酒且患上抑鬱症（另一

說法是狂躁抑鬱症），一九六一年七日二日，在覆診回家後，跟他的爸爸一樣，吞槍自殺。海明威的妹妹、弟弟與孫女，也同樣是自殺身亡。家族四代中，竟有五人自殺。

在遺傳學家系研究上另一個著名的研究人口是阿米什人（Amish），這些源於德國與瑞典的門諾會基督教徒，因對教義的不同詮釋而不受歡迎，十八世紀開始移民到美國賓夕法尼亞州與俄亥俄州一帶。阿米什人說一種獨特的德國方言，生活樸素，抗拒現代科技，聚居一起，少與外界接觸。虔誠和傳統的宗教信仰令他們拒絕避孕，也不作產前檢查，而絕大部分的阿米什人是十八世紀數百名移民祖先的後裔，二百年來的近親繁殖，造成阿米什人人口雖少，卻有多種罕見和獨特的遺傳病。而精神病的家系研究，在阿米什人的人口裡，也頗為出名。在回顧賓夕法尼亞州的一個阿米什社區發生的自殺個案時，發現近一百年來接近四分之三的自殺個案，全都來自其中四個家族。自殺在家系中的分布異常，並非偶然。

一九七四年，英國 Medical Research Council 臨床精神醫學單位的 Brian Barraclough 在他的經典論文 "A Hundred Cases of Suicide" 裡，注意到百分之四自殺者的直系家屬也是自殺過身。

近年的家系研究，在曾發生自殺的家族裡，找出家族成員的自殺率，與沒有自殺案例的家族對照組比較，發現前者的自殺機率是後者的四倍左右。北歐利用人口註冊的研究發現，患上精神病須

入院治療而又有自殺紀錄的病人的家屬的自殺率，與沒有自殺紀錄但同樣須要住院治療的病人的家屬的自殺率比較，前者是後者的兩倍，似乎自殺在同一家族內發生，並不完全是精神病患所能解釋。

除了自殺過身外，企圖自殺的家系研究也有非常相似的發現，將曾企圖自殺者的家族成員的企圖自殺發生機率，與各對照組比較，前者是後者的三至六倍左右。將有企圖自殺而又有情緒疾患的病人的子女作跟進研究，發現這些患者的下一代企圖自殺的機率，是沒有企圖自殺但同樣患上情緒疾患的病人的子女的六倍！然而，兩組病人子女的情緒疾患的病發率，卻是相同，說明企圖自殺在同一家族的出現，並不以情緒疾患為依歸。

回顧二十世紀七十年代開始的二十多項有關自殺的家系研究，所有數據都無一例外地指出自殺者家屬出現自殺的機率要比各種對照組高。家系研究說明了自殺與企圖自殺經常在同一家族內出現，卻並未能證實自殺的遺傳基礎，同一家族成員「分享」的，不單是相似的基因，也有相似的環境，家族成員間較多的自殺行為，可以是遺傳，也可以是相似的惡劣環境使然。

雙生即廣東話說的孿生。從遺傳學角度看，有兩種雙生：（一）單卵雙生（monozygotic twins）是由單一受精卵子分裂出來的雙生，遺傳上他們的基因完全相同；（二）雙卵雙生（dizygotic twins）是兩個不同卵子在同一時間受精的雙生，他們的遺傳基因只有一半相同。如圖 7.1 所示，雙生在相似的環境下

成長，如果自殺是有遺傳基礎，在單卵雙生基因完全相同的情況下，其中一個自殺，另一個自殺的機率應該是十分之高，但在雙卵雙生只有一半基因相同的情況下，雙生同樣自殺的機率，應該比單卵雙生同樣自殺的機率為低。相反，如果自殺是沒有遺傳基礎，雙生同樣自殺的機率，並不會跟遺傳基因相似的多少而有所分別，單卵或雙卵雙生同樣自殺的機率應該一樣。

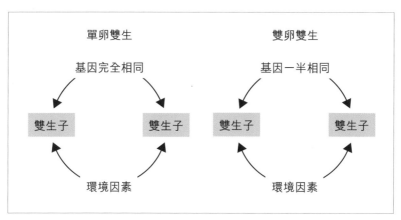

圖 7.1　雙生研究的遺傳因素

　　由於自殺並非常見，平均每十萬人只有十六個左右，更要發生在雙生子的情況下，才可以進行自殺的雙生研究，搜集此方面的數據並不容易。綜合各項報告可以找到，單卵雙生其中一個自殺，另一個自殺的機率是五分之一左右，同樣數字在雙卵雙生的情況下，不到百分之一。雖然單卵雙生擁有完全相同的基因，但雙生同樣自殺的機率只有五分之一，說明了自殺並非完全由基因控制；另一方面，單卵雙生同樣自殺的機率要比雙卵雙生的明顯高出十多倍，同

時說明基因相似的多寡可以影響自殺出現的機率，自殺並不完全是環境使然。

雙生研究並不局限在成功自殺的範疇上，在企圖自殺或有自殺念頭的研究上，也有類似的發現。簡單來說，單卵雙生同樣有自殺行為的（企圖自殺或有自殺念頭），要比雙卵雙生的高出兩倍左右，研究數據支持自殺行為是有遺傳基礎的說法。

能有效地將影響自殺的遺傳與環境因素分開的，莫過於領養研究。如圖 7.2 所示，領養孩子的遺傳因素來自親生父母，由於孩子被領養的關係，親生父母帶來的環境因素並不影響領養子的自殺；相反領養父母與孩子並沒有血緣關係，當然沒有遺傳因素的影響，但卻透過後天的撫養帶來環境因素而影響領養子的自殺機率。如果自殺是有遺傳基礎，領養子自殺，他們的親生父母（或他們的親屬）自殺的機率應該比領養父母（或他們的親屬）自殺的機率明顯

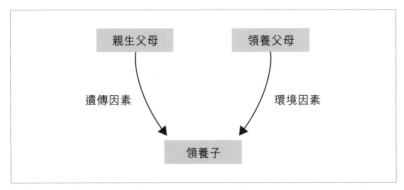

圖 7.2　領養研究的遺傳因素

地高;相反,如果自殺是沒有遺傳因素在內,領養子自殺,他們親生或領養父母(或他們的親屬)的自殺率應該無大分別。

　　當然,領養子的親生父母之所以放棄撫育自己的孩子,背後可能反映這些父母本身的困難,部分困難有可能提高自殺的機率,所以更進一步,應該是找出沒有自殺的領養子的親生父母作對照組,比較兩組親生父母(或他們的親屬)的自殺率。如圖 7.3 所示,如果對照組親生父母的自殺率比有自殺的領養子的那一組為低,兩組自殺率的分別並不可以簡單歸咎於親生父母須要放棄子女給別人領養的本身困難。

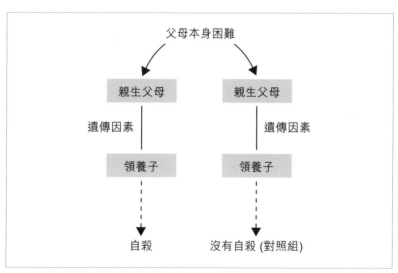

圖 7.3　領養研究對照組的比較

為自殺
把脈

　　自殺並不常見，更要發生在領養子女身上，再加上需要有系統記錄領養子、親生和領養父母（或他們的親屬）的自殺紀錄，造成自殺的領養研究極難開展，所有這方面的研究都源自丹麥的數據。從一九二四年到一九四七年，丹麥哥本哈根市一共有五千四百八十三名領養子女，其中五十七人自殺過身，他們的親生父母與親生父母的直系親屬的自殺率，是領養父母與直系親屬的六倍多。另一方面，自殺領養子親生父母與直系親屬的自殺率，是非自殺領養子親生父母與直系親屬對照組的十三倍。兩組數字都清楚說明自殺是有遺傳基礎的現象。

　　基於單卵雙生與雙卵雙生自殺一併出現的差異與當地人口的自殺率，英國 Institute of Psychiatry 的 Peter McGuffin 推算出，遺傳因素大概解釋四成自殺傾向的可能性，其餘的五成多，是環境因素使然。這個遺傳與環境解釋自殺成因的比例，比一些遺傳性較高的精神病如過度活躍症、精神分裂症、自閉症等為低，卻比一些常見的疾病如泛焦慮症、哮喘等為高。

　　綜合而言，自殺的家系研究數據最多，不約而同指出自殺經常發生在同一家族上，也並非一併出現的精神疾患可以解釋。自殺的雙生研究數據較少，雙生子同樣自殺的機率隨着基因相似的多寡而轉變。基因愈是相似，雙生子一併出現自殺的機率愈高。自殺的領養研究非常罕有，卻清楚指出領養子的自殺行為明顯源自親生父母，而非領養父母。三十年的研究訴說着同一個基調——自殺是有遺傳基礎的行為。

（二）自殺的基因？

人類基因圖譜的工作，勾畫出人類二十三對染色體內三萬多組基因的遺傳密碼，科學家相信，其中約二萬組基因與腦部功能有關。相對人體眾多器官與系統來說，一個只有三磅重的腦袋已經佔了基因總數的一半有多，足證腦袋是人最複雜的、也是最難研究的器官。一般相信，可以影響自殺的基因，就在這二萬多組與腦功能有關的基因之中，可是，何處覓芳蹤？

自殺並不常見，能找到一個有多名成員自殺的家族已不簡單，搜集數十個，甚至過百個相似多發自殺的家族作基因探索，簡直是談何容易，迄今仍沒有這類研究。退而求其次，自殺的分子遺傳學多集中在估計與自殺生理基礎有關的基因上下功夫。如第六章〈自殺的生理基礎〉所介紹，自殺與血清素失調的關係至為明顯，科學家也自然地埋首研究自殺與血清素相關基因的關係。

自殺的分子遺傳學，始自上世紀九十年代，發展蓬勃，論文數目相信已多於一百，大部分都集中在控制和調節血清素的製造、新陳代謝與血清素受體的基因上。由於血清素歷史悠久，相關的基因在進化過程中經歷不少突變，研究龐大數目的變體與自殺的關係，有點像大海撈針，研究結果，可以想像並不清晰穩定。簡單來說，雖然探索的基因不少，但只有兩組基因似乎有點頭緒，一組是製造血清素的基因，另一組是運輸血清素的基因。

為自殺
把脈

Tryptophan hydroxylase（TPH）是製造血清素的重要酵素，酵素的多少，直接決定製造血清素的速度。控制 TPH 的基因，現在知道的已有兩組：TPH1 和 TPH2，分別位於人類染色體的第十一與十二條。現今大部分研究仍集中在 TPH1 基因上，在這基因的第 218 節的核苷酸（nucleotide）位置上，遺傳基因的密碼由 A（adenosine）代替了 C（cytosine），這個由 A 代替 C 的變體，並不影響 TPH 酵素的結構與功用，但可減少酵素的製造，從而減低血清素的供應。在回顧十多篇相似的研究中，計算出帶有 TPH A218C 變體個體的自殺率，是沒有此變體的一點三至一點六倍之間。

5-HTT 是血清素運輸蛋白（serotonin transporter），有將血清素從突觸回收至軸突的功能（圖 7.4），從而減少血清素在突觸的作用。人類控制 5-HTT 的基因是 5-HTTLPR，在染色體第十七條，5-HTTLPR 基因的一種常見變體，是在其中一組遺傳密碼去氧核糖核酸（DNA）中短了一截，這個短的變體並沒有改變血清素運輸蛋白的結構，卻降低了該基因的功能，並減少血清素的再回收，在回顧十多篇相似的研究，帶有短 5-HTTLPR 基因的人的自殺率，是對照組的約一點二倍。

與自殺有關的基因，並不局限於上述兩組，但其他基因的研究，數目不是太少，就是結果並不一致，篇幅關係，這裡不作介紹。

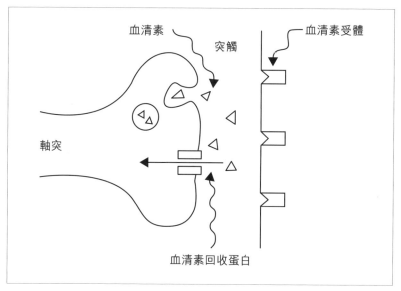

圖 7.4　血清素回收

　　僅就現在已知與自殺有關的兩組基因而言，他們只能輕微提高自殺的機率。過去二十年，遺傳學上較為顯著的突破大都在單基因的疾病上，導致疾病的是頗為罕見的突變基因，有突變基因便會有病，這種單一基因對單一疾病的關係，相對容易研究。可是自殺並非單一疾病，影響自殺的基因亦非只有一組。

　　多基因疾病的特色是每一組基因只是稍為提高致病的可能性而非命定必然發病，要從好幾萬組基因中找出這些微弱提高疾病機率的基因，並非易事，而究竟一共有多少組基因與自殺有關，基因之間是否互為影響，仍是未知之數。第一篇證明不同基因（5-HTTLPR 與大腦衍生營養因子基因）一併出現，可能提高兒童

患上抑鬱症機率的論文，直至二〇〇六年底才出現。對於可能提高自殺機率的基因，他們之間相互關係的理解，可以說是一片空白。

多基因疾病的複雜性也不止於基因數目的多寡。自殺本身就是一個頗為複雜的現象，有理由相信，基因導致的並非自殺本身，而是可以提高自殺機率的行為。以 5-HTTLPR 基因為例，短基因變體雖然與自殺只有微弱關係，但卻與暴力衝動的自殺方法、酗酒或濫用藥物人士的暴力性格、衝動的企圖自殺等，有較為明顯的關連。此外，5-HTTLPR 短基因變體也多在有自殺家族史或重複企圖自殺行為的病人身上找到。由此推斷，基因與自殺的另一個可能關係是，基因只是導致衝動暴力性格與行為模式，在遇上厄困時，這種性格缺陷可能提高自殺的機率（圖 7.5），而非簡單的由基因直接導致自殺。

再進一步說，多基因疾病的致病機制，可能需要一個惡劣環境，該基因的功能才會顯露出來。這種先天遺傳與後天環境互動導致疾病的機制，在精神科的遺傳學上經常提及，但苦無實證，直至二〇〇三年才找到令人信服的證據。英國 Institute of Psychiatry 的 Avshalom Caspi 和他的同僚，跟進新西蘭 Dunedin 近千名同年出生的嬰孩直至二十六歲，發現如果他們成長期遭遇惡劣經驗（例如常遭虐打），而又有短 5-HTTLPR 基因變體，在跟進期間他們患上抑鬱症、有自殺念頭或企圖自殺的機率明顯偏高。成長時惡劣經驗愈多，抑鬱與自殺行為機率愈大。譬如說，帶有短 5-HTTLPR 基因而成長期遇上四個或以上惡劣經驗的年輕

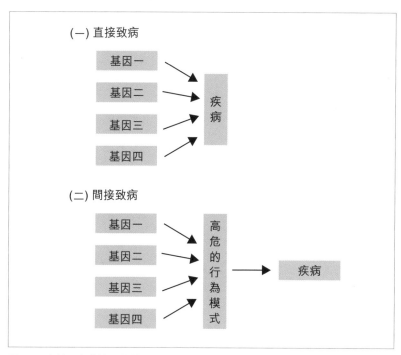

圖 7.5　多基因疾病的可能模式

人，在二十六歲前患上抑鬱症的機率高達三分之一；帶有相同短
5-HTTLPR 基因但成長並無惡劣經驗的，在二十六歲前患上抑鬱
症的機率只有十分之一，兩者相差超過三倍。同樣地，兩組帶有相
同短 5-HTTLPR 基因的年輕人，在不同多寡的惡劣成長經驗下，
他們的自殺念頭與行為的機率，相差高達十倍。更有趣的是，如果
5-HTTLPR 基因並非短基因變體，成長惡劣經驗與抑鬱或自殺並
無明顯關係，惡劣經驗無論多寡，患上抑鬱與自殺的機率，幾乎全

都一樣！原來，成長上遇上惡劣經驗的後果，可要視乎他／她們的
基因而定；或者倒轉來說，影響基因能否致病的一個重要因素，是
環境的好壞（圖7.6）。這種致病模式，也解釋了為什麼在多基因
疾病中，每組基因只能輕微提高發病率，問題不止於該基因是否可
以致病，也不止於該基因致病的強弱能力，而是我們遺忘了環境因
素可能對基因致病有決定性的作用。

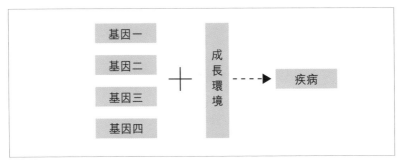

圖 7.6　多基因疾病與環境的關係

　　Caspi 和他的同僚的研究結果，在二〇〇三年七月於權威的
《科學》（Science）雜誌發表後，在短短三年間，已有五篇論文
先後證實他們的研究結果，也由此開拓出多基因疾病的另一研究範
疇。

　　迄今為止，自殺的遺傳學，尤其是分子遺傳學，仍在起步階
段，我們未知的比已知的更多，而困難往往在於我們仍未能找到問

問題的好方法，與其尋找自殺的基因，更貼近真相的問題可能是，什麼基因在何種環境下、通過怎樣的機制會提高自殺的可能性？

自殺，既是先天，也是後天。對自殺遺傳問題的探索，先天、後天，兩者皆不可失。

第八章

性別、婚姻、工作與經濟

（一） 男女有別

從自殺學的角度看，本章題目列出的各項，均與自殺拉上點關係。百多年前，由醫學與社會科學角度檢視自殺觀點萌芽的年代（見本書第一章〈古已有之〉），自殺與上述各項的關係已被勾畫出來。

一百年前，法國權威社會學家涂爾幹認為，女性並沒有男性的複雜想像力和智力，所以自殺率比男性低。今時今日，這種解釋，不單政治不正確，也遠未足夠；將自殺的性別差異建基於智力和想像力，也欠缺具體實證，未免太過武斷。

實際上，除個別國家外，男性的自殺率要比女性的高，可是企圖自殺的現象，卻剛好相反，女比男多，這個「錯配」造成了企圖自殺對自殺身亡的比例，在男性大概是二十比一，亦即是每二十宗男士企圖自殺，便有一宗自殺身亡的個案；這比例在女性大概是一二百之數，亦即是每一二百宗女士企圖自殺才有一宗自殺身亡的個案。從企圖自殺的起點出發，可以說男性的企圖自殺而致身亡的機率要比女性的為高。或倒過來說，女性企圖自殺的動機，相對男性來說，比較龐雜，並非單單是希望自殺身亡，而是包括求助、溝通與改變現況的可能。

解釋男女企圖自殺與自殺身亡比例懸殊的原因之一，就是自殺方法在性別分布上的不同。男性企圖自殺傾向採用比較暴力、危

險和致命的自殺方法，獲救機會較低；而女性則傾向採用致命性較低的自殺方法，如服藥、飲洗潔精等，相對容易拯救。自殺方法的致命程度不同，部分解釋了男女性自殺率的差異。從自殺方法看自殺率的另一項特別觀察是，當女性自殺方法有意想不到的致命效果時，男女性自殺比率便會接近，其中最明顯的例子莫如中國農村婦女自殺，多是服用農藥或殺鼠劑。此兩類藥劑廣泛應用在農業耕種上，也容易在農村找到，可是卻有劇毒，加上農村醫療服務缺乏，設備落後，服毒自殺獲救的機會偏低，中國農村婦女，尤其年輕一輩，經常採用這高致命度的自殺方法，造成比男士更高的自殺率。

從醫學的角度看，男女性自殺者所患的精神健康問題，分布也有所不同，女性多患上抑鬱症，而男性則較多有酗酒和濫藥問題。女性患者比較傾向說出她們的困難，表達她們的感受，和容易接受幫助，造成一個比較平坦的求診過程。在仔細分析面談的過程裡，遇上同一問題，女性患者多被問及她們的情緒病徵，而男性患者不單較少主動提及自己情緒，也少被問及。在西方國家服用抗抑鬱藥和鎮靜劑的分布上，女性也比男性高出兩倍以上，似乎男士遇上情緒問題，也不輕易求診。

男士自我倚靠和承受困難、不願示弱、並不輕易求助的傾向，在自殺的範疇上，容易令他們延遲或甚至拒絕幫忙，但造就這傾向的，也並不單純是男士本身的性格或行為取向。在遇上同一情緒困擾時，男士比女士往往被視為較為嚴重病態的一群，在面對自殺行為的時候，女士比男士更易得到同情、憐憫，而最「歧視」男性情

緒患者和自殺者的，並非女性，而是男性本身。社會對不同性別自殺行為的接受程度，尤其男性對同性的排斥，多多少少解釋了自殺的性別差異。

上述從性別行為的差異上解釋男女性自殺率的不同，雖然有數據支持，但不免流於粗疏，性別行為當然也並非每位都是如此定型。在流行病學研究裡，可以找到同一性別在不同的發展階段，自殺率也有明顯的高低轉變。舉例說，女性懷孕期間及產後的第一年，自殺率偏低，與同年齡非懷孕婦女的自殺率比較，減幅可高達三分之二，不單自殺減少，企圖自殺行為也相對少見。從精神病的角度看，婦女在產後有較多精神健康問題，最常見的莫如產後抑鬱，這期間病發率增高，但自殺行為減少，相信與須要照顧嬰兒的責任和由此而衍生的自我價值有關。有趣的是，因為小產或其他因素而導致懷孕失敗後，自殺率也相繼上升，意外或人工流產的孕婦相比非懷孕婦女的自殺率，分別增加百分之五十至二百之譜。似乎期待與孕育生命，可以是自殺的天然敵人。

須要照顧孩子，尤其是照顧年幼孩子的母親，自殺率偏低，是多個流行病學研究的一致發現，這種對自殺的保護現象，並不單在女性出現，男性也是如此，可是保護力量相對較弱，也只限於孩子在嬰孩時期出現。在照顧年幼孩子的責任上，父母親的貢獻與角色，並非一樣，由此而對自殺所能提供的保護因素，也有性別上的差異。

　　兩性在孩子身上得到並非相同的自殺保護作用，在婚姻上的分別更是明顯。百多年前，涂爾幹早已提出令人信服的數據，證明已婚男女的自殺率偏低。近二三十年的流行病學研究，也重複驗證婚姻狀況跟自殺率的關係。由於自殺並不常見，此類研究往往需要極大的調查人口才可作出推算，例如英國學者 Norman Kreitman 利用蘇格蘭十年的人口數據，美國的研究着重人口普查，牽涉好幾十萬人口，但最具分量的數據，莫過於丹麥 Aarhus University 搜集自一九六九年起全國住院紀錄、勞動市場註冊、雙胞生註冊和死亡登記註冊，數據庫包括超過二萬宗自殺個案、四十萬對照人口，龐大全國性的個人層面數據，造就了不可多得的資料庫，丹麥的研究隊伍，在過去的七八年間，出版了不下十多篇甚具分量的自殺流行病學研究論文。

　　綜合這些大型研究，發現已婚男女的自殺率大概是單身男女的二分之一，是離婚或鰥寡男女的三分之一左右。用統計分析方法，將年齡、收入、教育程度和種族計算入內，自殺率的高低，按上述婚姻狀況的排列依然存在。

　　籠統來說，婚姻對自殺的保護元素，可能包括健康的生活方式、情緒上的互相支持、壓力下提供更大的緩衝，或遇上困難時更早的求助等。另一可能是，願意結婚的男女，相比保持單身或離異的男女，在性格、行為或情緒上，相對有較少自殺傾向的因素，這些性情行為的差異，也同時導致他們自我選擇不同的婚姻狀況。

為自殺
把脈

與其說婚姻對自殺有保護作用,也可以倒轉過來說,單身、離婚或鰥寡增加自殺的危機。百多年前,涂爾幹在他的名著《自殺論》(Le Suicide)裡,提出婚姻是將個人與社會聯繫的穩定力量,無論是離異或伴侶死去的失婚,都有破壞這種與社會聯繫的後果,造成他提出「失範」自殺的一種危機。可是,還須要補充的是,不同年齡在不同的失婚情況下,構成並不一樣的經驗與自殺危機。英美兩國的數據都同樣指出,年輕離婚男女的自殺率要比年老離婚男女的要低。另外,年輕鰥寡男女的自殺率要比年老鰥寡男女的更高(見圖8.1)。似乎在自殺危機上,失婚並不單只導致失去社會聯繫,年輕男女鮮有失去摯親的經驗,愛侶的過身更會帶來了自殺危機;相對地,年老的鰥寡在心理上或經驗上,可能已有摯親過身的準備,由此帶來的自殺衝擊也相對減低。另一方面,年長的離婚男女,不單失去婚姻帶來的互相扶持,也不易適應離婚後帶來的孤獨,自殺率也相應提高;相對地,年輕離婚男女則比較容易適應。婚姻狀況對自殺的影響,須視乎年齡與失去愛侶的原因。

除年齡外,不同的婚姻狀況對自殺率的影響,也有性別上的差異(見圖8.1)。簡單來說,已婚男士的自殺率比單身或失去配偶的,明顯偏低,然而已婚女士的自殺率雖然比單身或失去配偶的要低,但分別並沒有男性般顯著。近年的美國數據更指出,在與同年齡、收入、教育程度的女士比較,不同婚姻狀況的女士在自殺率方面並沒有顯著分別。換言之,男性比女性更能在婚姻關係上得到防止自殺的保護作用;倒轉來說,男性比女性在失婚情況下,更具自殺危機,美國的數據推算出離婚男士的自殺率比女士要高出八至九倍。

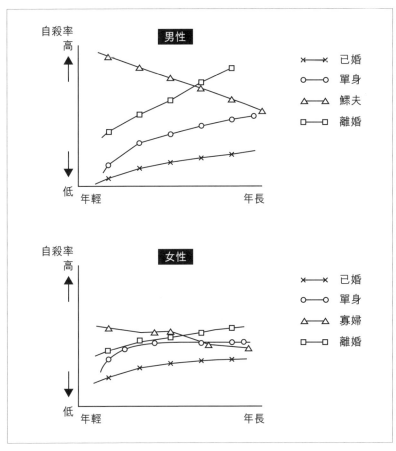

圖 8.1 按性別、年齡、婚姻分類的歐美自殺率示意圖

　　上述的發現，令不少學者推測，在自殺的範疇裡，兩性在婚姻關係上，得到不同的保護，在婚姻破裂後，也遇上不同衝擊。女性比男性更能維持在婚姻以外的人際關係，無論在離異或愛侶過身的情況下，這些人際網絡便能提供社交上、情緒上或實際生活上的支

持，減低失婚帶來的自殺危機，相對來說，男士在這方面的安全網便要薄弱得多了。對頗多男士來說，離婚不單失去伴侶，更可能失去包括子女的整個家庭，此外，還要面對個人收入水平下降與生活常規的轉變。從自殺危機來說，男士比女士更加需要婚姻的保護。

（二）　金錢以外

在自殺而言，兩性在婚姻關係上的「不平等待遇」，也可以在家庭收入中找到。與男士比女士更「享受」婚姻帶來的低自殺率剛剛相反，低家庭收入與男士自殺率掛鈎，收入愈低，自殺率愈高。丹麥的數據指出，最低收入的四分之一男士的自殺率是最高收入的男士的兩倍有多，但是女性自殺率卻與家庭收入無關。換言之，男比女更受家庭貧困帶來的自殺危機所困擾。

可是，貧困與自殺的關係，並不限於兩性差異的層面上，而有更複雜的考慮。單就職業而言，醫生、護士、藥劑師、獸醫、牙醫、警察、農民、藝術家都曾被證實有比整體人口更高的自殺率，而文職人士、教師的自殺率較低，其他行業如行政人員、技術工人、司機、律師、工程師的自殺率則與整體人口的相若。驟眼看來，自殺率的高低跟職業的收入並無關係。某一行業有較高的自殺率，最簡單直接的解釋是該工種帶來的壓力可以導致自殺，但其他可能的原因還包括以下幾項：

一、該職業男士佔多（如醫生、警察），而男性自殺率比女性為高，造成該職業好像自殺率偏高的現象。

二、該職業因工作需要而容易接觸到致命的自殺方法，如藥劑師容易找到藥物、農民使用農藥。

三、具備一些可能傾向自殺「氣質」的人士，才會選擇該職業。譬如說，部分藝術家的性格是要求完美、不滿現實或情緒化等。

自殺與收入和職業種類的關係，可能及不上與失業來得直接，而失業與自殺，是過去三十年從未中斷的研究命題。最容易也是較常見的研究方法，是將眾多國家和地區的失業率與自殺率比較，嘗試找出兩者一併出現高低的相關現象。可是容易得到的數據也是較難分析。由於各地社會背景不同，失業帶來的困境也不一樣；失去工作也是促使遷徙的主要原因，而人口的轉變導致失業率與自殺率不容易準確量度，基於此也難怪大部分這類比較研究的結果頗為混亂，並未找到兩者的關係，失業率高的國家或地區，並不一定是自殺率高的地方，失業率低的國家或地區，也不保證低自殺率。

地區性層面數據對失業與自殺率的混淆不清，並不代表兩者並無關係。在個人層面的數據研究，譬如說，比較失業人士與他／她們相配的在職對照人士的自殺率，又或者跟蹤研究失業人士在十年、二十年後的自殺率，這兩類研究都頗為一致地發現，失業人士

的自殺率約為在職人士的兩至三倍。其中，失業對男士的影響比女士較大，失業男士比在職男士的自殺率高達三倍，而女士的相同比較比率則只有兩倍左右。

失業所能帶來的困擾並不單單是失去收入，還可以包括失業前的焦慮、重新尋找工作的壓力、打亂日常生活模式和節奏、個人社交生活的萎縮、家庭生活的轉變與適應、失去自信等。當然並非每位失業人士都會面對以上的困擾，困擾亦可能不限於以上的幾項。失去工作在失業率不同的地區，影響也可不同。在低失業率地區失業的人士，他們承受的壓力、感到與社會的脫節和對自信的挑戰，會比高失業率地區失業人士所面對的更為嚴峻，所以前者的自殺率要比後者高。失業與自殺率的關係要視乎當地失業率的高低，也難怪地區性層面的數據一併分析而沒有考慮實際背景，結果這樣含糊不清。

失業與自殺的關係，並不能單向性考慮前者導致後者，有臨床經驗的醫生都知道，部分精神病或身體疾患，由於他們的身體或精神健康問題，可以降低他們的工作能力，導致失業，而精神病更是自殺的重要高危因素之一（見第四章〈精神病與自殺〉）。假若將失業人士的精神健康問題一併列入自殺率的統計分析內，差不多所有研究都發現，在剔除精神健康問題後，失業對自殺率的影響會顯著下降。換言之，失業之所以提高自殺的機率，大部分是因為失業人士本身的精神健康問題。只集中研究失業而不顧已經存在或同時存在的精神健康問題，可能將失業對自殺的解釋能力誇大。

　　由失業開始，另一個經濟學者、社會學家或自殺學學者都有興趣的題目，就是經濟盛衰周期對自殺率的影響。簡單來說，社會學家在這題目上有三種看法（見圖8.2）。第一，無論經濟增長或衰退，都產生個人與社會關係的失衡，增加「失範」自殺的可能性，自殺率只在經濟平穩的狀態下才是最低。第二，只在經濟衰退下，個人的挫折與失望會增加自殺的可能性。第三，只在經濟急劇增長下，個人慾望比財富可以負擔的增長更快，從而增加自殺的危機。

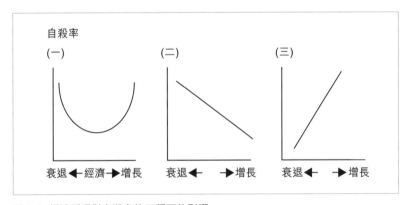

圖 8.2　經濟循環對自殺率的三種可能影響

　　雖然自殺率的數據容易統一從官方統計中得到，經濟盛衰的數據卻是五花八門，在這方面的研究，曾經採用的數據包括股票指數、工業生產數據、新屋建造數據、失業率及國民生產總值等。由於採用數據不同，所得的結果並不一致。另外，一地的經濟盛衰並不同樣地影響當地每一階層，而各地的社會安全網對陷入困境的市民支援度也有不同，經濟盛衰對自殺率的影響，也可以有地域上的差異。

　　在紛亂的分析中，唯一較有方向性的發現，就只是在回顧過去好幾十年同一地區的經濟盛衰循環裡，在衰退下高失業率的時期，自殺率偏高，並以上一世紀三十年代由美國出現並散播全球的經濟大蕭條最為明顯，部分國家或地區的自殺率冒升接近一倍。可是，在經濟好轉失業率偏低的時期，自殺率並沒有明顯下降。經濟盛衰對自殺率的影響並非在每一個國家或地區都可以找到，部分研究發現只有男性自殺率，才與經濟數據有關，而女性自殺率則不受經濟影響。有些更只在經濟異常惡劣的時期，才找到與自殺率的關係。在大部分經濟溫和的日子裡，自殺率與經濟數據各有本身的趨勢，兩者似乎並不相干。

（三）　視乎背景而定

　　性別、婚姻、工作與經濟，都是龐大而宏觀的變項，從社會學的角度看，這些變項都是異常複雜的湊合體，代表着好幾個不同層次的含義，也交織着可能提高或保護自殺的元素。從自殺率的角度看，男性是高危一族，但性別的差異可受自殺方法影響。離婚也是高危因素，但對自殺的衝擊要視乎年齡、性別而定。低收入只是男性自殺的高危因素，與女性無關。職業與自殺的關係更無簡單統一的解釋。失業對自殺的影響，不能不考慮性別、當地失業率與失業人士精神健康的變數。經濟似乎只在異常惡劣的時候才拉高自殺率。簡單來說，這些宏觀的變項與自殺的關係，經常因當時當地社

會環境與個人背景而有所改變，同一變項，在不同背景下，對自殺的影響並不盡相同（見圖 8.3）。

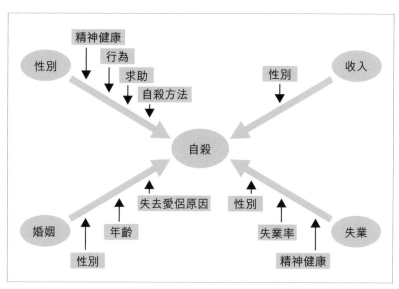

圖 8.3　自殺因素的背景考慮

　　性別、婚姻與失業對自殺率的影響，一般都是兩三倍左右，相比精神病患可以提高自殺十多二十倍的機率，數字上看，影響力較弱，再加上影響要視乎背景而定，可以說，這些都是對影響自殺較為遙遠的因素。

　　遙遠和影響力較弱並不表示不重要，他們的存在正正說明自殺並不單純是個人行為的選擇，而是有背後千絲萬縷的社會基礎，但這種視乎背景而定的影響，暗示了這些變項與自殺的關係並不容易

有統一的論述。男性自殺比女性為多，可能有數個互相重疊的原因而非只有一套理論解釋。任何只用單一觀點解釋兩性自殺的差異都有過分簡化的危機。同一原理，只單獨強調某種社會因素解釋自殺現象，都有瞎子摸象的缺陷。

在臨床評估自殺危機上，同一變項對自殺的關係要視乎背景而變，似乎提示了「貼身」的評估須要考慮背景因素，而非「背書式」清單般硬性套用。僅就本章所提的資料而言，男性的自殺高危因素並不與女性完全相同，在評估自殺危機的考慮上，男女當然有所分別。

在預防自殺的層面上，性別、婚姻都不是隨意可以改變的現象。現實裡，也沒有提高就業率或增加收入去減低自殺率的可能性，更重要的可能是，明白失業如何導致自殺的途徑，準確描繪及打擊由失業到自殺的機制，才可以降低失業對自殺的影響。可惜我們欠缺的，往往是這方面的理解，這片空白，使自殺與一些社會指標與變項的研究，只流於描述的層面，社會學對自殺學的貢獻，在涂爾幹之後，也顯得零碎而無突破。

第九章

請你別說——傳媒的威力

（一）模仿自殺？

第一宗廣被談論的模仿自殺個案，可以追溯到二百三十三年前，由德國文學家、詩人、哲學家歌德在一七七四年所著的《少年維特的煩惱》所引起（見本書第一章〈古已有之〉）。二百多年前，當然沒有如現在要求嚴謹的數據，去證明模仿自殺現象的出現。但《少年維特的煩惱》一書，當年確是一紙風行，深受讀者歡迎，在短短幾年間，出版了包括法文、英文、意大利文等譯本。當年的讀者，有如今天的追星一族，聯群結隊探訪歌德，也模仿小說主人維特的服飾裝扮，小說內容更是當年城中熱談。在歌德成為「流行」作家之際，歐洲各地相繼出現與維特一樣裝扮、身懷小說、用同一方法自殺的青年，有學者估計，此類自殺可有二千之數。實際數目當然已不可考，但由此而出現的作者自辯、教廷譴責，以至該書在德國、意大利、哥本哈根及奧地利等地被禁的情況，可以估量《少年維特的煩惱》在二百多年前引起的震撼，維特的煩惱成了眾人的煩惱。小說中描繪的自殺當然並非真實個案，卻成了專家眼中第一宗模仿自殺的案例。

在歌德之後的百多年，法國社會學家涂爾幹在一八九七年出版的《自殺論》裡，也有提及模仿自殺的現象。涂氏認為並沒有充分證據證明自殺與模仿有關，充其量模仿自殺只是影響自殺者身邊的少數人士而沒有廣泛效應，也可能只是催生遲早出現的自殺危機，沒有模仿現象，這些自殺仍會出現。涂氏之後的五六十年裡，對模

仿自殺的認識頗為零碎而無統一觀點，個別案例找到的模仿證據，並沒有在社區層面的自殺率中找到支持。

在《少年維特的煩惱》出版整整二百年後，在一九七四年，美國 State University of New York Stony Brook 分校的 David Phillips 在 *American Sociological Review* 發表了第一篇被認為是當代確立模仿自殺現象的論文，Phillips 分析一九四六到一九六八年的自殺率與報章（包括 *New York Times*、*New York Daily News*、*Chicago Tribune* 和 *London Daily Mirror* 等）的自殺頭條新聞報道的關係，數據條理分明，行文清晰，充分反駁了涂氏對模仿自殺的懷疑論點，自此開展了近三十年對模仿自殺的重新認識，Phillips 也成為了這方面的先行者。

由上世紀七十年代到今天，對模仿自殺現象探討的論文，不下數十篇，近年更有不少回顧文章。總體而言，模仿自殺大概可分為兩類，一是報章、電視、傳媒對真實自殺個案報道後所引起的模仿現象，另外便是電視節目虛構自殺情節播出後引起的模仿。

新聞報道與模仿自殺的初期研究，差不多清一色都是美國產品，歐澳國家的當地研究，只是近十多年才開始出現。研究方法多是比較在自殺新聞報道前後的自殺率是否有明顯上升。量度報道的方法則五花八門，最簡單的莫如細數該自殺事件在各報章頭版出現或各電視台播放的次數，另外還有關於自殺事件報道或評論文章的數目、該報的銷售量、報道在版面的位置和大小，或者全國性電視

晚間新聞的報道秒數等。自殺率的量度可以是全國或地區性，全人口或針對某特定年齡、性別的自殺率。結果雖然並非完全一致，但大部分都找到在自殺報道後的頭一個月裡自殺率上升的證據。

由於量度傳媒報道的方法不同，而大部分研究得出相似的發現——自殺率升高，而自殺率亦只在緊接自殺報道之後才升高，在隨後的月份裡，自殺率浮沉在平均數之間而無明顯減少，這些發現加強了模仿現象的可信性，也直接推翻了涂爾幹提出模仿只影響自殺者身邊少數人士和只令自殺提早出現的說法。

更一致的發現是，傳媒的報道愈是廣泛、顯著和持續，報道後的自殺率愈是大幅升高。就以 Phillips 一九七四年經典文章的數據為例，報紙頭版報道自殺新聞一天，緊接其後的自殺率平均上升百分之二十八，頭版報道自殺新聞兩天，自殺率上升百分之三十五，頭版報道三天，自殺率上升百分之八十二，報道四天，自殺率上升兩倍！在流行病學的範疇裡，這種劑量與反應成正比的關係，亦即劑量愈高（報道愈多），反應愈大（自殺率愈高），經常被引證為因果關係。換言之，報道本身是其後模仿自殺的原因。

倒轉來說，如果報紙並不報道自殺新聞，又是否可以降低自殺率？要記者放棄報道新聞並不容易，在六、七十年代，美國學者利用報紙罷工的空檔進行研究，三份研究報告中，倒有兩份發現其後的自殺率當真下降。

　　傳媒報道與模仿自殺的另一項一致發現是，知名人士或公眾人物如明星、歌星、政客等的自殺報道，往往更能引起其後的模仿自殺。以一九六二年八月五日自殺過身的美國著名影星瑪麗蓮夢露（Marilyn Monroe）為例，她過身後一個月，美國的自殺率升高百分之十二，在大西洋彼岸的英國亦感受到巨星殞落的震撼，自殺率上升百分之九，以當年自殺人口計算，這個百分比相當於三百六十多人，如果將這數字的增多通通都算作模仿引起，夢露自殺加傳媒威力，造成三百多性命的損失。夢露，爾名何價？

　　與報紙報道真實自殺致死個案不同，電影、電視節目播放的是虛構的自殺情節，學者感到興趣的是，後者又是否與前者一樣，可以導致模仿自殺的出現？對虛構自殺劇情可能引起的模仿自殺研究，起步較遲，在八十年代才開始。研究方法多是在劇集播出後，量度緊接出現的企圖自殺或自殺身亡個案。

　　以美國著名電影《獵鹿者》（*The Deer Hunter*）為例，劇中主角在越戰後返回美國，在戰爭時遇到的悲慘經歷加上返國的適應困難，最後用「俄羅斯輪盤」方法自殺，故事傷感，但卻觸及整代參戰的美國人回國後面對的困局。雪原打獵的情節，拍攝出四野蒼茫蕭殺的孤獨感覺，與劇情異常吻合。在影片播出後，美國全國有四十三宗年輕人用相同方法自殺，由於自殺方法同樣地罕見，被視為電影自殺情節引起的模仿自殺現象。

八十年代中，在英美兩地分別研究在電視播出企圖自殺劇情後的模仿自殺現象，英國的研究發現，其後與劇情相似的仰藥自殺有所增加；美國的研究則發現，其後自殺身亡的數目比節目播出前明顯增多。可是，兩類研究接着更大型在不同城市搜集數據，卻並未能支持原先的結論。

另一項罕見的報告來自德國 Universitäts Nervenklinik 的 Armin Schmidtke，在一九八一年，德國電視台播出一連六集有青少年自殺情節的劇集，而準備自殺的鏡頭在每集開始時均有播出，在其後的兩個月裡，德國青少年自殺數目上升了百分之七十之多，部分更是與劇情中青年採用同一自殺手法。一年半後，該劇集在德國重播，緊接而來的自殺也再次增多。並非刻意重複的「實驗」，卻有意想不到、一致及再次出現的效果，說明其後增加的自殺，並非偶然。

籠統來說，電視節目虛構自殺情節所引起的模仿自殺，要比傳媒報道真實自殺個案引起的相對較少，模仿證據比較薄弱。或者可以說，真實自殺個案的研究結果比較一致支持模仿自殺的現象，而虛構自殺情節的，正反雙方的報告皆有，莫衷一是的結果，促生了新一代更仔細的探索。

以上提及的一系列研究，都有共通、只利用環境證據的弱點，這些研究並未能證實在節目播出或新聞報道後增加的自殺者曾經看過這些節目或報道，其後出現的自殺可以是其他原因引起。

對模仿對象的無知，又何來模仿的出現？就此，英國牛津大學的 Keith Hawton 在一九九九年《英國醫學期刊》（*British Medical Journal*）發表的報告，補充了這方面的空白。在英國播映的一齣連續劇中，主角仰藥自殺的一集播出後，Hawton 搜集了一共四十九間醫院的資料，發現在該集播出後的第一和第二星期裡，仰藥自殺求診的個案，比播出前三星期的數字，分別上升了百分之十七與百分之九。訪問求診人士中，發現百分之二十報稱有看過該劇集而受劇情影響自殺。更令人思索的是，百分之十七受訪者報稱決定選用與劇情相同的藥物自殺，而同期利用此藥仰藥自殺的人數是節目播出前的一倍。這一系列數字說明，模仿確有其事。

　　傳媒報道自殺並非劃一無誤地會引起模仿自殺，除了以上提及的廣泛報道及名人效應外，報道的手法和內容是否可以影響模仿自殺，仍所知不詳，較多談論的，是個別自殺方法在詳細報道後，可能引起的一連串利用相似方法自殺的個案。在日本，有陌生人在互聯網上相約自殺，在傳媒報道後，再有類似集體自殺案例的出現。在本地，港人最熟悉的故事，莫如燒炭自殺，一九九八年十一月，一名三十五歲婦人利用燒烤爐燒炭自殺，受傳媒廣泛報道，部分報章更刊登自殺用的燒烤爐、屋內擺設的照片及示意圖，接着的一個月裡，便有九宗相似的燒炭自殺個案，一年後，燒炭已經是香港常見的自殺方法之一，平均每五宗自殺便有一宗採用此方法，近年，燒炭自殺更在澳門及台灣出現。

　　另一項模仿自殺經常提及但無定論的課題是，誰是模仿自殺的高危一族？當然並非每一位接觸過自殺新聞報道的人都會有相同模仿自殺的危機，不同的學者曾經提及女性、年輕人，或者本身有自殺傾向的人士可能比較容易模仿自殺。但在模仿概念上，更具說服力的說法可能是模仿者與被模仿的對象多多少少有相似的類同，兩者相似的地方，可以是性別、年齡、職業、生活際遇（例如同是失戀）或背景（例如同是失業、離婚等）。在日本，只有報道日本人自殺的新聞才會引起模仿自殺，日本人並不模仿非日裔人士的自殺行為。

　　與高危人士相關的題目，再進一步的探討是誰會留意自殺新聞。青少年人口的調查發現，並非每個都同樣地留意自殺新聞，經常看電視自殺報道的年輕人，也同時報稱自己情緒低落、曾有自殺行為，以及身邊朋友亦有自殺行為。在年輕人自殺的研究文獻裡亦已經確立，有自殺行為的年輕人，他身旁的朋友亦經常有自殺行為。最簡單的解讀可以是：你的朋友決定你會否自殺；另一可能的解釋則是物以類聚，有相似自殺行為的年輕人才易相交結友，你的行為自行選擇了你會相交的朋友。姑勿論何種解說，似乎有自殺傾向、情緒低落的年輕人，社交圈子中已經接觸不少有自殺行為的朋友，他／她們更加選擇性地留意自殺消息。新聞報道當然是面對廣大公眾，但會留意的及可引起的效果，卻並非人人相同。

（二）報道自殺

　　檢視當今報章報道自殺新聞，尤其是牽涉知名人士或具新聞價值的自殺案件，都是圖文並茂、大字標題，甚至成為港聞版或內頁頭條，連自殺手法、環境和地點都清楚交代，跳樓過程連環快拍，或有箭嘴指示跳下的位置，自殺者的身份呼之欲出。相對之下，報道自殺的原因卻極其簡單膚淺，通常只是將自殺前的導火線當成自殺的全部原因，而實情可能與報道的相去甚遠。

　　片面的報道中，不時找到將自殺合理化的視點，例如說因病厭世而自殺、賭波欠債跳樓自殺，令人錯覺自殺是解決疾病與賭債可以理解的手段。也有將自殺說成離奇、不可思議、受鬼神纏繞之下，令人難以置信的行為。當自殺可能與思念失去的愛侶或親人有關時，自殺可以被形容為來生再見或再續前緣，感性的報道把悲慘的自殺披上浪漫外衣。青少年在學校或家長處罰下作出自殺行為，自殺也容易被描繪成不忿受責的反抗行為，有意無意地將自殺者塑造成面對強權鬥爭失敗的犧牲者。

　　在廣泛報道、局部仔細、簡化與飄忽視點的同時，自殺新聞的報道卻往往對遺屬缺乏同情關懷，不提倡積極面對解決困境的選擇，也鮮有刊登求助門徑的資料。

　　環顧傳媒對自殺新聞報道出現的種種問題，世界各地不少學者與傳媒工作者，包括英國、美國、澳洲、新西蘭、加拿大、奧地

利、斯里蘭卡、香港與世界衛生組織，都積極發展及制訂報道自殺新聞應有的守則。翻閱守則，不難發現大都強調普遍認同的原則及應該避免的事項（見表9.1），箇中並無重大分歧，分別只是有否認真執行。

表 9.1　傳媒報道自殺新聞守則

• 低調處理自殺新聞，應考慮在報紙內頁不顯著地方報道
• 尊重自殺者與他／她的家人及朋友的私隱和感受
• 避免仔細描述自殺方法
• 避免刊登自殺者姓名、相片
• 避免將自殺原因簡化或歸咎有關人士
• 自殺新聞不宜煽情報道
• 在報道自殺新聞的同時，也作防止自殺的預防教育
• 在報道自殺新聞的同時，也提供求助資料

　　守則是否對傳媒報道自殺新聞有所影響，仍待觀察，但更重要的試金石則是遵循守則能否減低模仿自殺的出現。遺憾地，對後者的探討近乎空白，找到的僅有奧地利維也納地鐵自殺的例子。當地地鐵於一九七八年啟用，在八十年代地鐵自殺的案件廣受當地傳媒報道，地鐵自殺案數目上升，變成當局頭痛的難題，終於在一九八七年中，各方人士制定了對傳媒報道自殺新聞的守則，不斷對新聞從業員重複推廣，並積極建議其他報道手法，自此當地傳媒對自殺新聞的報道篇幅大減，對個別自殺事件更不予報道。自八七年下半年始，在地鐵發生的自殺比上半年發生的大幅下跌八成多，

在隨後的十年裡，在地鐵發生的自殺數目，比八十年代制訂守則前還低。

　　我們對模仿自殺的認識，由二百三十多年前一個虛構的小說人物開始，經歷近代社會對資訊傳播的革命，模仿自殺的研究重心由虛擬轉到真實，由小說創作轉到傳媒報道，過去三十年對模仿自殺的理解，由模仿現象的有無開始，逐步到剖析影響模仿自殺出現的因素，再進一步探索模仿者本身的困難。在未來全球化資訊泛濫的新世代，也許重新發現自殺並不具備新聞價值而不予報道，也許模仿自殺的研究要轉到互聯網上尋找線索。無論傳播的媒介是小說、報紙、電視，或者互聯網，模仿自殺仍會出現，說多不多，但總不消失。

第十章

自殺之後……

（一）既想失去，也想留住

陳先生自殺過身已經一年，對於和他生活了差不多三十年的陳太來說，過去一年猶如噩夢，由震驚、不能相信、混亂、緊張、追尋自殺原因、憤怒、失落，到不停哭泣與思念，情緒猶如坐過山車般起伏不定，好不容易熬過了一個年頭，不願回首，往前望，卻不知何年何月，才可將丈夫自殺的衝擊淡忘。遺憾的是，記憶並不是可以隨意地呼之則來，揮之則去。

記憶，很可能是最想留住、又想失去的東西。當現實是重複了三十年的生活突然失去一起度過的伴侶，現在一切乏善足陳的日子裡，有什麼比過去一件溫馨的瑣事在腦海飄過更令人屏息，牢牢留住？正要埋怨生活點滴在虛無飄渺間無聲無息地流走的當下，丈夫自殺過身的記憶卻像刮花了的黑膠唱片，不停地在同一點上跳線，一趟又一趟重複。晚上家中休息、日間工作的時候、夢境裡，丈夫自殺的記憶不動聲息而來，拼命迴避任何可以提醒丈夫自殺的舊物、處境，也未能擺脫一年前的噩夢。痛苦的記憶，總有烙在心頭的技倆，留下不易磨滅的疤痕，因自殺而喪親的哀傷，也不易估量完結的日子。

喪失親人的哀傷，本已是難以言喻的悲痛，自殺引起的離別，更帶來複雜、不易協調的情緒衝擊。自古以來，大眾對自殺的歧視、法律對自殺的制裁、宗教視自殺為罪孽（見第一章〈古已有之〉），令自殺者的遺屬不願提及親人自殺，甚至說謊編造其他離世

的原因。對年幼的孩子，出於保護的動機，自殺變成了撲朔迷離的死因，孩子也往往在殯葬儀式中缺席。親屬對自殺的迴避，也不盡是他們本身的問題，與其坦白說出親人死於自殺而令別人錯愕、不知所措，倒不如找個容易打發的藉口，避免將題目曝光。

社會對自殺的歧視，成人——無論是親屬或公眾——對自殺的忌諱，孩子被蒙在鼓裡，不約而同，變成了對自殺的沉默。自殺喪親的哀傷是不能言、不願說、也難於啟齒的痛楚。本來亟需親人、朋友支持的喪親之痛，卻因死於自殺而求助無門，無奈地、有意無意間、世俗禮儀的互動，堵塞了遺屬應有的支援。

因自殺而引起的遺屬的情緒反應，相比其他死因要複雜，也不易撫平。自殺可能事出突然，從親人眼中是全無頭緒，更無準備，措手不及的喪親，容易造成錯愕、不能接受及無法相信的反應。緊接其後的，可能是一連串焦慮、緊張、失眠、慌張、不知所措的情緒。待逐漸消化自殺是不可改變的事實，一系列輕重不一的哀傷，也會開始浮現。

因未能與死者生前好好相處，或甚至因一時爭執而觸發自殺，遺屬往往有內疚、自責、自我埋怨和後悔的感覺。不少親屬更自我責備為何未能及早發現及預防自殺的出現，亦常有假如當天早點回家，或者當年沒有說出那些話，自殺就不會出現的懊悔。這種自責與罪疚的感覺，以父母面對他／她們的孩子自殺最為明顯，很多人，包括喪子的父母在內，都容易將孩子自殺看成父母教養照顧

的失敗，孩子寧願自殺也不向父母求助，父母面對的不僅是喪子之痛，還有以性命作為排斥的挫折，內疚的心情也容易造成自我懲罰，不願意接受，也自覺不值得別人幫助的心態。如果說孩子出生是父母一生最開心的日子，可以想像孩子自殺離世對父母震撼的力量。

自責、內疚的想法往往與情緒低落，甚至抑鬱一併出現。上世紀七十年代的研究早已指出，在失去親人——尤其是愛侶——的第一年裡，超過三分之一的遺屬經歷與抑鬱症類似的症狀。九十年代，美國匹茲堡大學（University of Pittsburgh）的 David Brent 及其同僚在一系列有朋友自殺過身的年輕人的跟進研究裡，發現他們患上抑鬱症是正常對照組的七倍，與自殺者的關係愈是密切，患上抑鬱症的機率愈高。香港本地的研究也找到，自殺的年輕人的朋友，比正常對照組，有兩倍以上的自殺行為和情緒障礙。同樣地，朋友關係的緊密程度影響病發的機率。親人、朋友自殺，可以是情緒疾患、抑鬱症的高危指標。

除了自責與情緒低落外，自殺引起的另一種常見情緒反應是憤怒。在了結自己生命之餘，自殺也是對身旁的好友、親戚、摯愛的一種遺棄。從遺屬的眼中，自殺是一種自私行為，是對他們殘忍的懲罰，是迫令他們承受自殺者撒手不理的一切苦果，焉能不怨不怒？由自殺產生的怨憤，以自殺者的愛侶最為明顯，對於曾經山盟海誓、一起生活的愛侶來說，伴侶的自殺，不難產生如下的想法：「如果你真的愛我，就絕對不會以自殺來拋棄我、懲罰我」、「你的

自殺證明你並不愛我」、「原來我並不認識與我多年一起生活的伴侶」。

除了對自殺者的怨憤外，也有遷怒於被認定是導致死者自殺的「元兇」，譬如說，年輕人在與女朋友分手後自殺，由於喪子之痛與對兒子的憐惜，死者父母承受被遺棄與被罰的怒氣，可能一股腦兒由兒子「轉賬」到兒子女友身上，從而產生「若果她對我的孩子好一點，孩子也不會自殺」的想法，女友成為父母眼中孩子自殺的罪人。同一原理，醫治自殺者的精神科醫生、輔導或處理自殺者的前線同工，也容易成為自殺者遺屬遷怒的對象。怨懟與憤怒，總須要認定投射的標靶，卸下，方可重新上路。

並非每宗自殺都是突如其來，部分自殺者生前，無論是精神狀況或是行為表現，可能是頗為困擾的一群。長時期的情緒起落、重複的企圖自殺行為、連綿不斷的危機、廣泛的人際衝突，都對家人和朋友造成困擾和負累。自殺者可能認定，了結自己生命是他／她們的個人選擇，但親友卻多方阻撓，自殺與防止自殺成了家裡沒有贏家的掙扎，對親友來說，成功阻止他／她自殺便輸了對他／她的信任，放棄監察卻要冒着失去他／她的危機。他／她們的離世，雖然並未能預測，但心理上卻非全無準備，部分更有終於出現和如釋重負的感覺，說不上喜悅，但百般滋味，盡在心頭。

差不多所有自殺遺屬都有共通的疑問：為什麼他／她自殺？純粹簡單的醫學斷症（譬如說他患上抑鬱症）或找到自殺前的誘因

（譬如說生意失敗），往往未能解決遺屬追尋自殺動機和原因的困擾。殘酷的事實是，最能解答他們疑團的關鍵人物已經過身，他們的疑問變成了一個沒完沒了、沒可能有滿意答案的圈套，無論從哪一點開始，找到任何線索，也有問不完、答不了的下一條問題，追尋自殺的解釋，容易變成了遺屬無休止的折磨，只在不斷重複、厭倦的當下，才醒覺這可能是沒有終結的追尋。或者遺屬需要的，並不是外表看來客觀的解釋，而是在尋找的過程中，重新檢視他／她們與自殺者一起的生活和關係，以排解由自殺而引起的哀傷、空虛與怨憤，對他／她為什麼自殺此問題的追尋，變成了過往個人感情的檢閱與將來未知生活的籌備，在永遠沒有滿意答案的情況下，繼續尋覓、踟躕。

除了以上的情緒困擾外，部分自殺者遺屬可能親眼目睹自殺的經過，由此帶出的震撼與衝擊，也衍生出另一類的困擾。親身經歷創傷的記憶，不易忘記，也會經常重複，自殺過程會一遍又一遍地在腦海湧現，甚至變成主旨相近的噩夢，或者不自覺地重複回憶起自殺當天的經歷，箇中的焦慮與驚駭，經常驅使遺屬儘量避免任何可以令他們回憶當天自殺情景的人物、事件或處境。

自殺對摯親、伴侶與朋友帶來的，是不易撫平、難於啟齒的情緒創傷，是不易癒合的情緒瘡疤。

自殺雖然古已有之，可是對自殺者遺屬、朋友的衝擊的研究，卻只在近三十年才出現，弔詭的是，有系統研究的論文並不多見的

同時，卻有不少由自殺者遺屬親自執筆剖白及探索痛苦經歷的書籍。從另一角度看，這些著作，可能是作者企圖自我治療的見證。

有親人、朋友自殺過身，是個人的不幸，箇中的衝擊與影響，每人深淺不同，美國加州大學的 Edwin Shneidman 估計，平均每一宗自殺便有六位深受打擊的「倖存者」（survivor），由此推斷，香港每年約九百宗自殺，可能有接近六千名的倖存者。全球每年一百萬宗自殺，便產生六百萬可能需要幫助的個案。

一九九四年美國全國性隨意電話普查發現，高達百分之七的成年人在過去一年內曾有親友自殺去世，絕大部分是朋友、鄰居或同事，約百分之十四是親人，另外百分之三是家庭成員。由是觀之，自殺雖然少見，認識或接觸自殺者的，並非想像中的少，自殺對身邊親友產生的負面影響，既是個人的不幸，亦隱含公共衛生層面的意義。

（二）哀傷是病？

一九一七年，佛洛伊德在 *Mourning and Melancholia* 一書裡，提出失去親人的哀傷，雖然痛苦，但卻是短暫而正常的經歷，有必要跟抑鬱症分別處理。親友過身引起的哀傷，究竟是正常不過、可以明白的情緒反應，還是情緒疾患的表徵？宏觀的說，為了避免將日常生活經驗與壓力醫學化，答案可能是前者；可是在臨床

上，精神科醫生和心理學家經常處理的，是由失去親人所引發的情緒病，答案便是後者。有關的爭論於過去的四十年仍未平息。

七十年代，便有學者提出 pathological grief 及 morbid grief 的概念，來形容異常哀傷的狀況。所謂異常，可以包括極度持久的悲傷、拒絕承認親友已經過世、持續懷念已逝世的親友不能釋懷，或對親友過身異乎尋常的平靜。由於異常的概念過於廣泛和龐雜，pathological/morbid grief 一詞，從沒有統一的界定，不同表徵、問題的個案，都可有相同的判症。

混亂的情況持續到九十年代，兩組不同的學者，分別提出 complicated grief 和 traumatic grief 的概念。一九九七年，美國加州大學三藩市分校的 Mardi Horowitz 提出 complicated grief，理念是建基於因伴侶過身而引起漫長且起伏、但有別於抑鬱症狀的情緒反應，complicated 一詞，避免了正常、不正常、病態等判斷性字眼。兩年後，美國耶魯大學的 Holly Prigerson 提出了 traumatic grief 的想法，這裡的 trauma（創傷），意指因永遠與摯愛分離而引起的情緒創傷，並非身體的傷害。

仔細翻閱 Horowitz 與 Prigerson 提出的兩組概念與建議的診斷守則，不難發現他們是大同小異的想法，兩組獨立發展的概念，都包括長時期重複對過身親友的懷念而造成日常生活的侵擾、逃避可以令他們回想過身親友的人和事、持續空虛的感覺和一系列情緒低落與焦慮的症狀。

概念提出後，在過去的十年裡，不斷有新的研究發現，使概念更為豐富和清晰，譬如說這種複雜（complicated）或創傷（traumatic）的哀傷，與抑鬱和焦慮症狀有關，但並不完全相同。從病徵上看，這種哀傷可以包括、但不止抑鬱症狀。哀傷不單持久，而且可以導致一系列的身體疾患與自殺行為，也非傳統治療抑鬱症的療法可以治癒，而須另外設計針對侵擾性懷念過身親友的症狀作特殊處理。

因親友離世哀傷而有可能導致一叢相關的情緒與行為障礙，雖有頗多數據支持，但應否理解成有異於其他情緒疾患而自成另一種疾病，卻無統一觀點。到今天，無論是 complicated grief 還是 traumatic grief，仍然未被美國精神學會接納為精神健康疾患的一員。哀傷並不是病，但也可以致病。

如本章開始時所描述，由於自殺帶來的顧忌與情緒震撼，不少學者、醫生傾向相信，整體來說，由自殺引起的哀傷要比自然死亡（如病死）所引起的，更加複雜和不易處理。可是在僅有的幾項臨床研究裡，上述的想法，並未得到證實，似乎暗示，「不正常」的哀傷，死因（自殺、自然或意外死亡）並不是導致其後情緒困擾的最重要因素，背後尚有仍待探索的病理機制。

（三）校本的事後介入

由自殺引起的餘波，不可以不提學生自殺對其他學童的影響，如第九章〈請你別說——傳媒的威力〉所說，青少年間互相模仿自殺是令人困擾的現象，也是處理學童自殺必須解決與預防的課題。

知悉同學自殺過身，校內大部分同學的即時反應多是不能相信、錯愕、震驚與混亂，由於自殺突如其來，影響迅速而席捲全校，最佳的應付策略，是預早設立危機小組，而非在自殺發生後才籌謀對策，危機小組成員各有預設任務與職責，亦應有清楚溝通機制與渠道。

危機小組要處理的，不單是校內個別同學、員工在學童自殺後的情緒反應，亦有需要協調及制訂校內消息發放、課堂策略，對外有面對傳媒的需要，和與社區上不同機構（如醫院、警方、青少年服務及教育統籌局等）建立靈活有效的聯繫，使有需要的同學可有學校以外、適時適當的支援。

危機小組預先制定相關的處理程序，促使在獲悉學生自殺後，能即時啟動危機處理，盡量減低自殺帶來的不安。校內員工有需要在上課前清楚知道自殺事件的實情和即日課堂的安排。對全校同學，則需要清楚、簡單、直接的宣布。自殺本來就不值得驕傲，宣布也毋須動人，更忌使自殺披上光彩，自殺過程與方法不必仔細描述，不妨考慮加入正面解決問題的選擇與方法。宣布可包括對過身

同學表示惋惜，對他／她的家屬表示慰問，對同學的情緒反應表示理解，也提示同學間需要互相支持與體諒。宣布可以明確提示表達哀傷及懷念過身同學的方法和地方，也要讓同學清楚知道求助的途徑。在可行的情況下，儘早恢復正常的課堂秩序與時間表。

為避免經常出現圍繞着自殺消息的流言及不必要的誤會與恐慌，除以上直接面對全校的宣布外，校方不妨考慮發放建基於事實的簡報給予學生家長，建立統一的查詢途徑，鼓勵擔心的家長進一步聯絡學校。

學童自殺容易引來傳媒的注意，與其一概不答，使記者傾向挖掘自殺新聞背後的各種猜測，倒不如確立發言人制度，全校只有一位危機小組的成員代表校方處理傳媒的查詢。對傳媒發放的資料，只應有事實（如證實校內有同學於何月何日自殺過身和校方處理程序等），而沒有揣測（如推測引致同學自殺的可能因素），資料內容須要照顧當事人的私隱（如自殺者姓名）和家屬的感受（如將自殺責任推向父母照顧疏忽）。對於過分「熱心」的記者，不妨提醒傳媒對報道自殺應有的守則（見第九章〈請你別說──傳媒的威力〉）。

同學自殺，並非對每一位校內同學、員工有相同的影響。綜合外國與本地的研究文獻，可以找出可能須要加倍留意的三組人士，一是與自殺同學關係密切的好友，如本章之前所述，與自殺死者親近，是導致由哀傷發展成情緒障礙，甚至抑鬱症的高危因素。另一

組則是本身已有行為或情緒問題的學生，知悉身邊同學自殺，可能加深他／她們的困擾，甚至誘發他／她們作出相似的自殺行為。最後，那些不幸地親眼目睹整個自殺過程的同學，由於突如其來的震撼與衝擊，容易產生一系列焦慮與緊張的症狀，更可能導致創傷後壓力症。在自殺事件曝光後，須要主動聯絡及評估上述高危人士，而不是被動地等待他／她們求助。

自殺的衝擊雖然來得猛烈，但可以引起的後遺症並不通通即時冒現。在震撼過後，仍要密切留意可能受到影響的同學的情緒轉變與行為表現，有需要時，加以輔導或轉介到專業人士接受評估與治療。

有學者認為，以上處理自殺發生後的種種事後介入（postvention）工作，是預防（prevention）自殺的最重要一員，學者着眼的，當然是由自殺引起的連串情緒困擾與模仿自殺的現象。弔詭的是，學者提倡須要處理的——面對自殺帶來的創傷，正正是常人感到不安而極力避免的，在迴避後接踵而來的——同校另一同學自殺，在實際生活上卻不時不幸發生，彷彿正好應驗本書開頁介紹的希臘神話，伊底帕斯經歷詛咒、遺棄、長大與意外，卻正巧與極力迴避他的父親，碰個滿懷，造成弒父、娶母、自殘，然後兒子互相殘殺的悲劇。自殺並非命定，逃避面對，卻反招它不請自來。

第十一章

處理個案的幾點建議

為自殺
把脈

（一） 面對自殺

對於大部分前線同工來說，處理企圖自殺個案，多有點既害怕、復要面對的戰戰兢兢心情。自殺行為，不易處理，偶一不慎，悲劇翩然而至，在外國，訴訟也隨之而起。接近死亡，不是明天請客吃飯那碼子的事，忐忑不安、焦慮與擔心，自然地降低我們解決問題的能力，也容易導致極端反應與錯誤判斷。最常見的，莫過於逃避處理自殺問題，基於害怕問及有關自殺問題會促使當事人自殺的誤解，或者同工本身的焦慮，又或者對處理自殺問題的有限經驗，都容易令人迴避處理自殺行為。當然不處理並不代表危機消失，相反，對危機的不聞不問，不作妥善處理，反而可能增加自殺出現的風險。由迴避跳至另一極端便是過分反應，對任何可能觸及自殺的行為情緒、處境，莫論程度深淺，都作高度設防，甚至通通轉介到急症室處理，結果當然並不理想。

同工處理企圖自殺個案，尤其重複不斷、幾近習慣性的自殺行為的另一困難是，同工本身對事主的抗拒情緒。個別的、在厄困下出現的自殺行為，是可以理解，雖然須要小心處理，但同工輔導協助的心態並無異樣。可是在表面看來好像是為芝麻綠豆的小事而經常自殺或恐嚇自殺，甚至以自殺為手段以求達到目標，導致連綿不斷的危機，負責處理的同工不單疲於奔命，經常被要脅或恐嚇自殺的境況，也易轉化成對當事人厭惡、認為活該，甚至放棄的負面心態。同樣的情緒反應，也經常在當事人的親友中找到，同工的情

緒,只不過是當事人「優而為之」的技倆製造出來可以明白的自然反應,然而憤恨與抗拒,雖是極具威力的情緒,卻不易轉化成治療的土壤與養分。

處理企圖自殺個案的危險性,當然聚焦在自殺致死的可能上。在回顧過去九篇企圖自殺病人最終自殺身亡的研究裡,英國修咸頓大學的 Clare Harris 總結出,曾經企圖自殺人士的自殺率,比整體人口高出三十八倍!自殺率比任何一種精神病患還要高(見第四章〈精神病與自殺〉表 4.2)。

企圖自殺人士的自殺危機,並不止於一時一地的困局,而須要有更長遠的考慮。就以青少年企圖自殺的跟進研究為例,在企圖自殺發生的三個月後,大概有百分之十的青少年會再次企圖自殺,在一年後,已有百分之十五的青少年再次企圖自殺,一直到十年後,超過三分之一已長大的青少年曾經再次企圖自殺(見圖 11.1)。此類跟進研究也發現,企圖自殺青少年的自殺率與死亡率,也比整體青少年人口明顯偏高,在跟進的頭三年裡,大概百分之零點五的企圖自殺青少年已經身亡;在跟進到十年後,這比率已經升至百分之五。換言之,企圖自殺的青少年在可見的成長路上,不單死於自殺,還有一系列疾患、意外和可能是他人造成的死亡原因,企圖自殺的青少年可算是早夭一族。

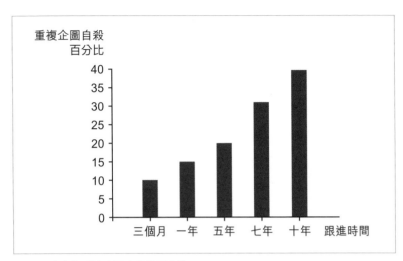

圖 11.1　青少年重複企圖自殺的百分比

　　正正由於自殺死亡的危險，處理個案難免墮入估量個別個案自殺風險的陷阱，可是自殺的罕見與自殺高危因素的相對普遍，預測自殺往往是可望而不可即的目標（詳情見第四章〈精神病與自殺〉）。如果評估只是對自殺的預測，在數字及或然率的考慮上，「最準確」的評估，可能是推算所有人都不會自殺！臨床上，較實際的策略，並不是預測自殺，而是全面有系統地評估自殺的高危或保護因素，將自殺危機分類及開展相應的預防與治療工作。

（二）　由自殺開始問起

　　評估自殺離不開具體查詢自殺行為的種種細節，但由於求助的處境不同、時間及環境的限制有異、前線同工的經驗與習性的差

別，對自殺行為評估的面談與處理手法，並不可以如烹飪書籍中，依樣畫葫蘆般跟足指示炮製。重要的是，評估能夠做到全面、具體、細緻而兼具治療功效。以下只是一些可以參考的梗概，面談的各種手法、細節與反應，須要在實際面談過程中觀察與討論。

對大部分個案來說，較為容易而又直接的開始，可能是由關於這次求助的自殺行為開始，轉到導致自殺出現的近期轉變、以往自殺紀錄，再評估對可見將來的想法（見圖 11.2）。

自殺意念的評估，可以由當事人形容他／她想到的意念開始。自殺的意念可以由希望一睡不起到積極求死，各人想法不盡相同，但可以由此開始查詢自殺念頭的時間、頻密、困擾程度、誘發因素與應付方法。評估自殺意念不能迴避當事人是否已具體計劃自殺方法和執行步驟，也需要知道當事人是否容易接觸到可以致命的自殺工具。在美國，最危險的莫如家居中是否藏有槍械。多年前，香港本地的死因法庭曾經記錄一宗年輕少女七次在同區不同的五金店鋪嘗試購買「山埃」服食的案例，忽略如此明顯而重複的具體自殺計劃，實在令人失望與不安。

評估企圖自殺，可以由是次自殺的過程談起，評估切忌粗略，印象式的言談並無幫助，具體的問題才有仔細的答案。譬如說，服藥自殺，評估須要知道的包括藥物的種類、數目、來源、服藥過程、一起服藥的飲料、當事人相信的致命程度和服藥後的求助過程等。又譬如說，因爭執引起的企圖自殺，可能須要清楚知道整個爭

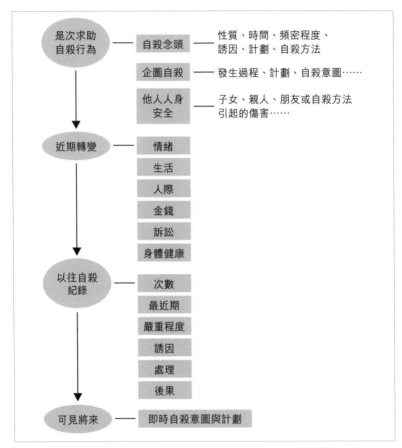

圖 11.2 評估自殺行為

執的來龍去脈,誰說了什麼?誰又做了什麼?一個具體的評估過程,就猶如拿起錄影機將企圖自殺的過程重新翻播一次般仔細。

評估企圖自殺不能遺漏的,是對該次企圖自殺行為的自殺意圖的評估,意圖的評估包括客觀存在的事項(如留下遺書、在偏僻地

方自殺），也有主觀的報告（如聲稱自殺、對獲救感到矛盾）。詳情可重閱第三章〈一個糾纏不清的概念〉表 3.2。

　　無論是自殺意念或是企圖，評估須要考慮當事人對身邊親人或朋友的想法，或因自殺方法可能引起對周遭人士的傷害。在外國，震撼的校園槍擊案，通常是在槍殺無辜的師生後，再以吞槍自殺告終。在日常的處理上，評估有自殺念頭或行為的媽媽，不能不一併考慮她們對遺下年幼子女的想法。求死的母親，在抑鬱下可能有「不忍心」遺下子女「受苦」而有一起尋死的想法與籌謀。

　　在具體了解當前自殺行為的情況後，評估便開始轉移到觸發自殺的近期轉變。一般來說，所謂近期，是指企圖自殺前六至八星期的時段。一些衝動的自殺行為或念頭，可能只是事發當天才有觸發自殺的誘因，評估涉獵的範圍則因人而異。圖 11.2 列出的僅是常見的大綱，重要的是深入了解當事人如何逐步發展到是次的自殺行為。

　　由自殺前的近期時段再往前走，評估自殺必須清楚知道當事人的自殺紀錄，包括以往自殺的次數、方法、嚴重性、頻密程度、誘因、事情解決與求助的結果等。初次與多次重複自殺的評估與處理，並不完全相同（見後文）。

　　在清楚了解當前自殺行為、近期轉變及以往自殺紀錄後，倒過來，再詢問當事人對可見將來的想法，時序上，可能有本末倒置的錯覺，實際上，卻可以有點題的作用，當事人在重溫現在與過往自

殺行為後，情緒沉澱，再看將來，多數並非一時衝口而出的想法，
而同工也可以在釐清背景資料後，理解自殺行為出現的梗概，才小
心衡量當事人訴說對將來的想法，再評定即時自殺的危機。

（三） 自殺行為以外

　　評估自殺的危機當然並不止於剛才對自殺行為的評估，雖然企
圖自殺是自殺身亡的重要高危指標，在數據上也推翻了經常企圖自
殺的人不會自殺過身的謬誤想法，但實際上，自殺致死的個案中，
只有三分之一左右有以往的企圖自殺紀錄，大多數的自殺身亡，不
幸地，是第一次嘗試便致死，清楚說明評估有必要涉獵自殺行為以
外的範圍。可是問題的癥結在於，須要評估的自殺高危因素，範圍
太過寬廣，包括背景資料、精神心理狀況、性格障礙、成長過程、
身體疾患、家族遺傳、家庭、婚姻、工作、社交與支援等。案例一
至三列舉了不同自殺風險的例子，以作參考。

案例一

莉，二十七歲，單身，性格文靜內向，只與三數友好
交往，三年前首次與男友「拍拖」，在多番遷就、多次努力
下，關係仍不穩定。四個月前，男友提出分手，自此莉長
時期情緒低落，經常輕易落淚，做事沒精打采，工作經常
出錯。放工後，只留在家中「煲碟」，雙眼瞪着電視熒幕，
不知所看何物。晚上失眠。最近經常投訴身體不適，容易
疲倦，胃口下降，多次到家庭醫生處求診。同住母親眼看
女兒日漸消瘦，終日以淚洗臉，焦慮萬分，多次好言相
勸，並無寸進。星期一早上，媽媽比平常早了回家，赫然
發現莉竟在房中，攤開了家庭醫生多次處方的藥物。在質
詢過程中，莉隱約向媽媽透露，已有兩星期的尋死意圖，
覺得失去男友，不知生活所為何事，且已留下多封遺書，
準備仰藥加割腕自殺。

明顯的抑鬱症狀，長時間而清楚的自殺意圖與準備，
雖然並無其他高危因素，自殺的觸發點也可理解，但以自
殺危機來說，應該是中度或以上。

為自殺
把脈

案例二

寧，三十七歲，家庭主婦，丈夫長年在中國內地工作，幾乎獨力照顧九歲大患過度活躍症的兒子，兒子行為經常被老師投訴，學業成績差劣，寧也被丈夫埋怨不懂「教仔」。與孩子經常因功課問題衝突，過去一年，孩子屢次尋找藉口逃避做功課，在游說、鼓勵、獎賞與「藤條」恐嚇間，糾纏至深夜才完成一日家課，母子關係緊張。準備考試期間，孩子誓死不做改正，在言語衝突不斷升級中，寧情緒失控，衝入廚房，拿出菜刀，恐嚇要斬死兒子，然後自殺。孩子呆呆望着哭成淚人的媽媽。

評估過程並無找到精神病患，也是首次企圖自殺行為，自殺意圖較低，而直接的導火線是孩子不願做要求持續專注的功課，這是過度活躍症的病徵，此病症是不難醫治的常見兒童精神問題。這案例雖然牽涉年幼子女，從自殺危機來說，可算是低風險一族。

案例三

力，五十歲，離婚男子，獨居，失業，倚靠綜援過活，長年有酗酒習慣，酒後鬧事，常虐打子女和妻子。離婚後，鮮與子女聯絡。曾因胃出血多次出入醫院。三日前因胃痛再次入院，在醫生巡房時，力嘗試自行用胃液膠管纏頸窒息自殺。經制止後，力聲稱寧願一死也不再受胃痛折磨。

雖然只是首次自殺，自殺意圖也不高，但背景全是自殺高危因素，更須要評估可能一併出現的抑鬱症，須要以高自殺危機處理。

二〇〇三年，美國精神學會發表了評估及治療有自殺行為問題的病人的臨床守則，整份守則回顧了八百多篇論文，僅就自殺高危因素便列舉了五十六項。守則雖然詳盡，也極具權威，可是細心閱讀五十六項因素，卻不難發現，仍有多項自殺高危指標（例如朋輩自殺）未列入表內，部分高危因素（例如衝動性格）亦並非三言兩語之間便可作出結論，閱讀整份近二百頁的守則後，同工仍會有評估不知如何入手的望門之嘆。

為自殺
把脈

　　由於自殺念頭與企圖自殺並非罕見,評估自殺危機是部分同工日常工作之一,對於不經常接觸自殺問題的前線同工,也須要把握一套容易使用及跟隨的評估辦法,協助他/她們處理眼前可能自殺的當事人,餐單式逐項高危因素的評估,既不方便,也不實際,並不適合日常使用。

　　如何有系統地對自殺作出科學化及日常化的評估,專家並沒有一致的結論。自殺學步入象牙塔內,就如其他學術探討一樣,研究人員對尖端罕見的現象,作仔細無遺的探索,卻並不留意日出日入、整天須要面對的臨床困難,零碎而尖端的知識,並未能協助日常工作。

　　由於超過九成自殺身亡人士被斷定患上不同類型的精神疾患,精神病被認定是自殺的必需但並不充分的原因。早在上世紀八十年代,已有學者提出,評估自殺可由精神病開始,可是不同精神病患可有不同高危因素導致自殺,故評估自殺須先要斷症,然後找出該精神病患中特有的自殺高危因素(詳情見第四章〈精神病與自殺〉)。這方面的數據,在過去三十年的研究中,已經逐漸累積並匯聚成一些統一的觀點。可是這種評估自殺危機的策略,非由熟悉精神病及對各種精神病病徵有經驗的專家進行不可。可惜的是,在芸芸自殺者當中,少於一半在生前曾經接受精神科的治療,換言之,以精神病患特有的自殺高危因素作評估的策略,對未有求診的另一半自殺者,或並不熟悉精神病病徵的同工而言,並不適用。

綜合各項自殺高危因素的考慮，美國 Baylor University 的 David Rudd 在九十年代提出評估自殺須要注意的八項重點（表 11.1）。細心閱讀表 11.1，不難發現評估的重點集中在精神疾患、自殺行為與心理特徵，而並非囊括所有自殺高危因素，然而評估偏重的項目，正正是研究數據分析上和臨床處理的經驗上，與自殺息息相關，也必須留意的着眼點。

表 11.1　評估自殺的八項重點

一、自殺行為的潛伏危機（例如患上精神病、以往自殺紀錄、童年受虐等）
二、觸發自殺的生活轉變（例如人際衝突、健康轉差、金錢損失等）
三、最近的情緒變化及精神病病徵
四、絕望的想法
五、對自殺的想法、計劃及準備
六、以往自殺行為
七、自我控制及衝動
八、對自殺的保護因素（例如家庭支援、解決問題能力、已接受治療）

　　九十年代末期，美國佛羅里達大學的 Thomas Joiner 提出評估自殺首重（一）是否有多次自殺紀錄；及（二）是否有自殺計劃與準備的決心。基於上述兩點的答案與其他高危因素的評定，將企圖自殺粗略分成低、中及高風險幾類。如圖 11.3 所示，有多次自殺紀錄人士，自動具備低自殺風險，如另外再加其他高危因素或有自殺計劃與準備的決定，自殺風險是中度或以上。初次企圖自殺人

士,如有自殺計劃或準備的決心,再加上其他高危因素,已構成中度或以上自殺風險,而低自殺風險一般包括初次自殺人士,只有自殺祈望與念頭和單項高危因素。

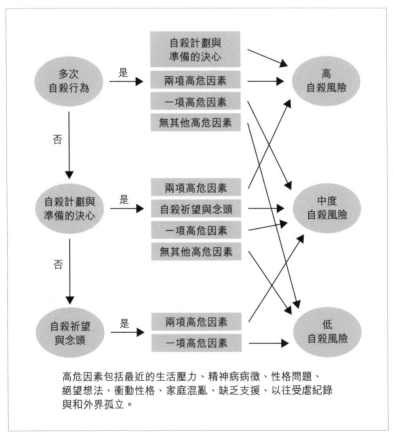

圖 11.3 評估自殺危機

　　將自殺風險劃分成低、中、高各類，在處理上也有不同。低自殺風險人士須按時重複評估進展，也須要商討應付危機情況的對策。對中度自殺風險人士的處理，Joiner 建議加強治療的密度與時間；與家人及朋友聯繫，一起解決當前的生活困難；重新檢討治療目標，確立危急情況處理的步驟；也須要考慮利用藥物減輕精神病病徵的困擾。高自殺風險人士則有必要立即評定住院服務的需要。

　　Joiner 提出的自殺評估方法，比較初步，也並未廣泛應用，成效有待驗證。但在眾多高危因素中，抽絲剝繭，在數據上或概念上找出須要評估的綱領，從而將自殺風險分類，則是前瞻性的嘗試。

（四）評估的疑問

　　評估自殺經常遇到的疑問是，應否使用問卷測試量度自殺傾向或危機？在心理學的文獻裡，量度自殺的標準化問卷或測試工具多達十多二十種，這些量度工具的好處是劃一、客觀及可能令當事人較少直接面談表達自殺的躊躇，可是迄今仍無任何量度工具可以預測自殺，重複的測試或問卷，也易令有自殺傾向的當事人感到煩厭而拒絕合作。測試或問卷分數雖然標準化，但卻失去了在測試過程中寶貴而與治療相關的重要觀察，例如當事人談及自殺時的語氣、

身體語言、合作態度、細緻情緒變化等。綜合而言，這些測試工具並未能替代傳統的面談及臨床決定，有關的測試數據資料，仍須在整個個案的具體情況和背景下一併考慮，只看測試分數而作出處理決定，不單粗糙，也歪曲了設計工具時的原意。

花時間跟當事人面對面對談的另一重要考慮，便是要建立可以承擔自殺危機的治療關係，這並不是問卷或測試搜集資料可以輕易達到的。一種可以信賴的關係，也可以確保評估過程順利和搜集的資料可信和有用。通過與當事人的面談，反映困難，準確捕捉情緒，有系統及技巧地鋪排提問，幫助當事人澄清處境，釐清感受，再逐漸認定須要解決的困難，這種兼具治療效果的評估，可以說是所有心理治療或輔導必須具備的成功元素。在處理企圖自殺個案的情況下，這點尤其重要。

如前章所說，人際衝突經常是自殺的觸發點，而不穩定的人際關係，也是常見的性格缺陷而導致自殺的潛伏危機（見第五章〈自殺心理初探〉），人際間的困難，不單在當事人與他／她們身邊親友中出現，亦會在與同工的關係上逐步顯現出來，同工須要切身感受這種關係帶來的困擾與不安，在檢視由關係張力導致自身的情緒困惑而對當事人處境有進一步了解，進而在治療關係中改變當事人的人際相處能力（見案例四、五）。

案例四

雯，十九歲，典型暴風少女，自幼在家不受約束。中一開始逃學，中二吸煙飲酒，中三輟學，終日流連街頭，間歇回家休息，與父母衝突後會搬到友人家中暫住。男友無數，經常與數名男友同時「拍拖」，「拖期」由數日到一年不等，關係從未穩定，分手也經常由芝麻綠豆的小事引起爭執而起。其後的衝動、氣憤與失落，也化作鎅手。在另一次與男友衝突分手後，雯因割脈太深，須要住院留醫。在評估過程中，雯對醫生產生好感，出院前，邀約共進晚餐。此情此境，醫生該如何處理？

赴約，當然是踏出了醫生與病人關係的門檻，步入莫名的情感空間，也不知伊于胡底。

拒約，是典型的拒絕反應，當然令病人感到失落，再加解釋醫生與病人應有的關係，容易招致雯在被拒後的反擊——「只是吃晚飯，你想到哪裡？」，由此影響治療。重申醫生與病人的關係，也間接透露了醫生面對兩難局面的心底焦慮。

去，還是不去，可能並不是問題的核心。雯面對的是另一次情感破裂，在失落與挫折的情緒下，貿然在不相熟但似乎有點好感的人身上，尋找感情的慰藉，在醫生與病人間發生的，也只是雯過去在無數男友身上見證的關係破裂、修補、再破裂。雯只是在治療的關係上重複以往相同的錯誤，沒有處理及反映這關係上的缺陷，而只着眼赴約與否的盤算，可能並沒有好好把握由關係張力提供的治療機會。

案例五

彥，十六歲，中四學生，是輔導中心「常客」，過往一年，不停出入中心「接受」輔導，以情緒化、要求多、長氣、「黏身」、惡劣朋輩關係聞名。在接觸過程中，社工得知，彥雖然在校內是獨行俠，在校外卻與三幾個慘綠少年流連，可能還有店鋪盜竊與濫用藥物的紀錄，但彥卻矢口否認。在家裡，彥與父母的相處，經常在異常冷淡與勢成水火間跳躍，大家都不清楚對方的活動時間與範圍。

最近三個月，彥好像對一位新來的年青社工產生好感，經常出入中心找機會與社工搭訕，也只願「接受」她的輔導。由於出入中心多時，彥開始掌握到該名社工在中心工作的時間，會突如其來在中心出現，聲稱情緒不穩，要求該社工作即時輔導。起初中心與社工不以為意，在敷衍與遷就間，安排簡短見面，輕輕打發他離去。逐漸地，彥的不請自來愈發頻密，要求「輔導」的問題也愈多，中心與社工的應付方法，總是游移在「這是最後一次」、「她今天沒空」、「她今天不在」之間。卻往往招來彥更大的情緒反應，聲稱情緒不穩也沒有人理會，要求待在中心等候她的「輔導」。今天下午，彥又在中心要求該社工的即時輔導不果，情緒失控，聲言不見到該社工便要尋死，也拒絕其他社工的幫忙。

有經驗的同工都可意會到，彥要求的並不是專業輔導，而是超出治療關係的情愫；彥與社工之間發生的，是彥不穩定人際關係的另一極端表現。中心與社工過往三個月的處理，無意間、偶然地滿足了彥的要求而意外地加強了彥的無理求助，彥愈發相信，只要他情緒不穩，輔導的要求便可得逞，進而演變成今天的自殺威脅。

處理以死相迫的要求，並不容易，偶一不慎，威迫成真，落得悲劇收場；但順從彥的要求，只會永無寧日，更遑論輔導的療效。彥的困難在於，從未在人際關係上經歷穩定而溫暖的感覺，而這缺陷正正是任何持續輔導必須建立的治療關係，這關係既是治療的先決條件，也是治療的目標之一，與其讓彥在中心「自由行」，將彼此的關係弄僵而致治療失敗，倒不如反過來清楚要求彥嚴格跟從社工預定的時間才可進行輔導，在每節之間的情緒波動，彥需要自我管理、平定，直至下一節輔導。

除了對當事人的面談及測試外，評估自殺的另一項重要資料搜集，是接觸當事人的親友。有經驗的同工清楚知道，由於種種不同原因，當事人未必將問題的全部和盤托出；也由於視點角度的分別和情緒的困擾，親友眼中的困難，與當事人並不一樣。接觸親友，也是評估對當事人支援不可或缺的手法，有助決定治療策略和確保當事人的安全。

簡而言之，評估自殺是處理自殺行為的重要一環，評估範圍包括一系列與自殺行為相關而互相聯繫的高危與保護因素，除了面談技巧的要求外，時間的制約、環境的限制、關係的深淺與評估內容的純熟，都是不可迴避的考慮。評估也並非一次過的步驟，隨着病

情與際遇的轉變，自殺風險也有高低起落，因而評估也可視為一種連綿不斷、強度不一的過程，而箇中自殺風險的高低，則直接決定相關處理的方法。

（五）人身安全

處理企圖自殺個案，不可不小心考慮的，是當事人的人身安全。高自殺危機的人士，可能須要住院治療，甚至引用香港《精神健康條例》，強迫當事人接受精神病的觀察與治療。但對於低自殺危機或大部分中等危機人士來說，在社區上繼續接受輔導和治療，可能是當事人可以接納而較低約束性的選擇。為防範自殺，當事人曾經考慮採用或已經準備好的自殺方法與工具，必須確保妥為看管。在美國，家中是否藏有槍械和當事人能否容易接觸槍械，是處理個案的必然問題。可是香港最常見的自殺方法——跳樓，卻毋須任何工具；吊頸或燒炭自殺，需要的材料，也是唾手可得。杜絕當事人接觸自殺工具來降低自殺危機的處理方法，在本地並不容易實行，在個別個案中，不妨考慮建議當事人將窗戶的窗花鎖上，避免因一時衝動一躍而下的悲劇。

處理企圖自殺個案的另一常見手法，就是與當事人承諾或簽署不自殺契約（no suicide contract），此類契約，一般可包括如表11.2的內容。

表 11.2 不自殺契約的內容

一、承諾在限期內不會自殺
二、在感到未能處理自殺危機時，同意執行預先擬定好的危機處理方法
三、同意接受輔導或治療
四、執行輔導或治療列出的要求和指示
五、設立治療短期目標

　　不同形式的不自殺契約，包括口頭承諾或具名簽署，雖然通用已久，卻並無實效。企圖自殺人士的自殺率雖然高，但絕大部分並不會自殺身亡，以大部分簽署不自殺契約的當事人並沒有自殺過身來證明契約防止自殺的功效，只是自欺欺人的數字遊戲。相反，在曾經入院治療而自殺身亡人士當中，高達四分之一曾簽署不自殺契約。

　　不自殺契約並不可靠，但仍然是一紙風行，反映的可能是，前線同工需要當事人的承諾來安撫本身面對自殺危機的焦慮。毋須多費唇舌的現實是，自殺危機並不會因一紙合約而消失，殫精竭慮以換來一口承諾，容易落得當事人的敷衍，反令同工陷入相信與否、進退兩難的困局。企圖自殺人士面對的困難與情緒困擾已經不少，當然毋須、也不必要再糾纏於同工的焦慮與矛盾當中，造成幫助者與被助者角色互調的弔詭局面。

　　與其相信與倚賴一紙契約有防止自殺的功效，倒不如利用契約作為建立治療同盟的手段，在部署、解釋與確立契約內容的過程

中，積極建構與當事人可以承托自殺危機的治療關係與處理危機的可行步驟。不自殺契約，既不能、也不應該替代全面而詳盡的自殺危機評估，它的功效，也只在牢固的治療關係中，才得到保障。

（六）治療的種類

翻閱心理輔導或精神醫學的文獻，不難找到聲稱可以成功處理企圖自殺的治療，可是大部分只是個別成功個案的報告，個別成功例子而無對照組的比較，當然並未能證明該處理方法的療效。事實上，在回顧一系列嚴謹驗證治療企圖自殺行為療效的研究裡，不少學者都不約而同地總結出，並沒有充分而令人信服的數據證明某種療法的優越性，但也並非等同我們對處理企圖自殺需要的治療一無所知。

籠統來說，治療企圖自殺可有兩大類別的取向：第一是治療自殺行為背後的精神病，第二是針對減少自殺行為的治療。前者的信念在於精神病與自殺行為的密切關係（見第四章〈精神病與自殺〉）。在精神醫學的文獻裡，確認不少精神疾患，尤其自殺的頭號高危因素——抑鬱症——並沒有得到充分而足夠的治療，這種治療上的空白與遺漏，在自殺病人中尤其明顯。近年也有一些環境上的數據證明，在整體抗抑鬱藥處方增加的趨勢下，該國人口的自殺率徐徐下降。有學者統計出，增加百分之十抗抑鬱藥的處方，可以降低百萬分之一的自殺率。在臨床上，較為紮實成功治療企圖自殺的

證據莫過於服用鋰（lithium，一種穩定情緒兩極、預防病發的精神科藥物）的狂躁抑鬱症病人或服用 clozapine（一種治療幻覺、妄想的精神科藥物）的精神分裂症病人，相比對照組有較少的自殺與企圖自殺行為。可以說，利用藥物治療及預防企圖自殺，在特定的精神病患裡，有不錯的數據支持和實用價值。

治療精神病來減低自殺風險的背後假設，是自殺與精神病是同步衍生的問題。事實卻非如此簡單直接。美國國立精神學院的大型跟進研究裡，找到抑鬱症病徵改善的同時，自殺危機並沒有預期平衡的化解。不少精神病患者的自殺行為，甚至自殺身亡，是在病發初期發生，患者一般仍在求診初階，與醫生或輔導員工，仍未建立穩固的工作關係，對治療的信心也相對薄弱，部分病人更未有意會已患上精神情緒疾病，只是考慮或仍未開始求診。這種開展治療前期的挑戰與自殺危機出現時間的錯配，多少解釋了精神病治療方法的發展，並沒有明顯帶來自殺率下降的裨益。

針對減少自殺行為的輔導與心理治療，曾經採用或聲稱有效的可不少，較多令人接受的療法包括認知行為療法（cognitive behavioural therapy）和它的旁支 dialectical behavioural therapy、心理分析（psychodynamic psychotherapy）及解決問題療法（problem solving therapy）。每種治療的理論背景、治療方法、所需時間與針對的病人類別都有不同，有些是專門設計給習慣性企圖自殺的邊緣性格患者，有些療程長達一年，此外還有只聚焦在提升應付問題能力的治療，而非面對整體心理性格的缺

陷，箇中細節，並非本章三言兩語可以清楚說明。簡而言之，心理治療醫治企圖自殺的療效數據，雖有苗頭，但仍薄弱，業界仍期待更多的論證。

與上述心理治療截然不同，但卻似乎有效減低企圖自殺重複出現的療法，是與當事人保持書信上的聯絡。曾經試用的包括遞上二十四小時聯絡方法的熱線號碼、按時寄上表示關心的書信。與前述的心理治療比較，這些極度簡單的治療手法，卻有意想不到的療效。書信和電話號碼只是聯絡的手法，表達的是一種關懷而已，對於經常孤獨的自殺者來說，這種關懷的連繫可以是續命的繩索。

處理企圖自殺個案的另一個角度，就是時間性的考慮。一半以上的企圖自殺人士，尤其是青少年，在接受評估後，並不會繼續求診或尋求幫助，無論如何努力，大部分當事人並不會依時赴約，接受第二節的輔導與治療。能夠繼續療程的，更是買少見少，對於治療或輔導來說，是一大考驗。評估自殺危機及提供適切治療決定，固然重要，在短時間內建立治療關係是對前線同工面談技巧與親和力的嚴峻考驗。面對並不覆診的患者，治療往往只能局限在即時濃縮精要的危機處理，在這現實制約下，有需要提供簡單、短期而有效處理企圖自殺的治療方法。

對於能夠確立治療關係而又定期接受輔導治療的個案，時間性的考慮變成了另一層次的問題。企圖自殺的跟進研究清楚說明，重複企圖自殺或自殺身亡的危機，並不只是即時的問題，在十年甚至

更長的時間裡，自殺危機仍會延續，治療目標不應只局限於短期減少重複自殺行為，而要放眼更遠的將來。面對長期風險的日子，完全令自殺行為消失是不切實際的期望，治療需要着力的，可要包括改變當事人企圖自殺行為的各項高危因素，建立應付將來面對自殺危機的能力和促進當事人與身處環境的磨合。

自殺是一種行為，並不是一種病。處理企圖自殺個案，可以包括，但並不等同醫治一種疾病。自殺行為本身就是多樣化及多變的行為模式，導致及改變自殺行為的原因，五花八門，千變萬化，幫助企圖自殺當事人的方法，須要有因人而異、因時制宜的策略考慮。在把握治療技巧、熟悉文獻之餘，可要抓緊導致自殺的脈絡，應用在面前的案例身上，預測處理帶來的效果及隨時糾正與預測不符的治療計劃與想法（見圖 11.4），方能全面認識和有效處理自殺這個複雜的行為問題。

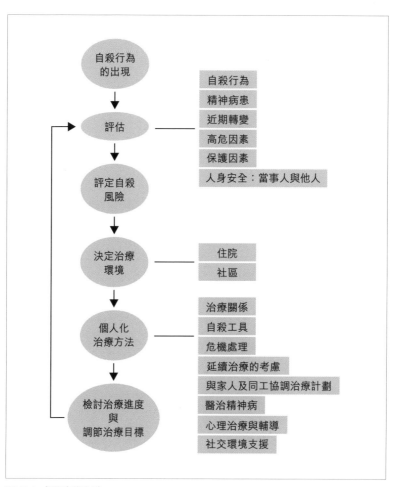

圖 11.4　處理自殺行為

第十二章

預防自殺——
理想與實效的鴻溝

（一） 陳先生的個案

陳先生，五十多歲，已婚，有二子一女，大兒子因工作關係，並不同住，幼子及幼女均在大學求學及寄宿，只在週末回家。陳太以往是家庭主婦，子女成長後，過往幾年兼職文書工作。陳先生幼年由大陸來港，生活艱苦，家住木屋區，再搬到廉租屋。童年最開心的，莫過於跟一大群兄弟姊妹與鄰居玩耍。學習上，單憑個人智慧與努力，考進當年傳統名校，繼而考入大學，兼職與中學生補習，加上政府借貸，完成大學。畢業十年間，邊做邊讀，考取了核數師專業資格，也成家立室，自置居所，生活並不充裕，但尚算中產。五年前，陳先生離開了工作多年的僱主，與友人合資共組自己的公司，晉身老闆階層。

陳先生的成功，除了天賦的智慧，令他有幸在眾多兄弟姊妹與朋輩中脫穎而出，還有賴堅毅、不肯言敗的性格。他的成長際遇，更塑造了不倚賴別人，自我決斷，甚至有點主觀、自負的傾向。遇上困難，陳先生慣於獨斷獨行，他認為正確的，並不輕易接受其他觀點，更會為親人子女訂下他／她們的目標，當然強加的軌道，套在長年相伴的陳太與羽翼漸豐的子女身上，少不免磨擦與衝突，三名子女更為陳先生起了個雅號——「管老爹」，外號雖然戲謔，但陳先生也不反感。

三個月前，陳先生在工作上開始感到力不從心，無論如何努力，總覺還未如意，加倍工作，卻無寸進，反落得愈加疲倦、精神

不能集中。不稱職的感覺令他與公司裡的同事與下屬常有衝突，疲憊身軀帶着還未滿意的工作回家，與老妻多了口角。氣憤之下，晚上更不易成眠。天明，尚未休息足夠的身體帶着滿腹「牢騷」，再回公司拼搏，三個月來，每況愈下，心情惡劣，心火更盛，脾氣也大。

在不斷與家人、同事爭執的背後，陳先生開始擔心自己工作能力的倒退，雖貴為公司老闆之一，卻變得優柔寡斷；決斷的他變成躊躇、憂慮，以往輕易完成的工作，現在不單吃力，還會大意做錯。信心動搖之餘，陳先生更擔心自己的錯誤決定會為公司帶來損失，累及與他一起按樓、整副身家投入創業的友人。負累別人的感覺在一向自我倚賴、也不輕言失敗的中年創業人士來說，並不好受。在衝突片段之間，他變得沉默寡言，直像一座黑壓壓冒煙的火山，等待下一輪的爆發。在繃緊、焦慮、火爆與擔心下，陳先生食慾大降，在過去三個月，消瘦了不少。

目睹陳先生性情大變下，陳太與子女們由開始的衝突、埋怨與對抗，變成了擔心與憂慮，花了好幾晚的功夫，勸服了陳先生到醫生處求診。

與陳先生相熟的李醫生，一向照顧陳家大小的健康，在了解情況後，李醫生相信陳先生工作過勞，壓力太大，建議他放下工作，多點休息。身體檢查也發現陳先生有點高血壓，除了血壓藥外，李醫生還處方了安眠藥。中年創業，視工作為驕傲的陳先生，當然不

會就醫生的一句勸言及幾度血壓而減輕工作，實際上，早點回家只是將衝突與磨擦由公司搬到家裡，陳先生的情緒並沒有好轉，睡眠也沒有進步。在膠着的一個月裡，陳太幾經波折與打聽，好不容易勸服陳先生到專科醫生處求診。

精神科醫生的斷症是陳先生患上抑鬱症，也有焦慮症病徵。在家族史上，還找到陳先生的姨媽在文化大革命期間不堪迫害，在鄉間懸樑自盡；姨媽的子女，好像還有點情緒問題，曾經入住精神病院，但由於下一輩的兩地相隔，很少來往，詳情也不大了了。精神科醫生處方了抗抑鬱藥與鎮靜劑，解釋了情緒症狀對工作能力的影響，建議陳先生暫時把重要的工作決定，交予生意的伙伴，在情緒好轉後才重拾工作。可是，三十年來，只相信數字與實物的陳先生，並不相信醫生的斷症，臨床上對情緒行為病徵的面談而無化驗室檢查與量化測試的斷症，陳先生更持懷疑態度，沒有服藥之餘還加倍工作，要用自己的意志與毅力，克服所有困難，來證明自己沒有醫生所說的抑鬱症。

一星期後，在公司的會議中，陳先生的工作錯誤在辦公桌上曝光，下屬當然不敢指出老闆的錯誤，但在同事的囁嚅中，陳先生諉過於人，在咆哮間結束會議，提早回家。在家中卻表現異常沉靜，更藉詞需要休息，拒絕晚餐。晚上十一時，胃痛、嘔吐，送進醫院，才發現他在家裡的房間悄悄把止痛藥、血壓藥及拒絕服用的抗抑鬱藥一股腦兒吞下。

　　陳先生企圖仰藥自殺，對陳家與他的朋友來說，是說不出的震撼，連當事人自己也不能解釋。在多番多方查詢後，也只有一時衝動、一時糊塗、一時想歪了、以後不會的含糊答案。駐院醫生在料理好陳先生的身體後，建議他進精神科病房作進一步觀察與治療，卻遭到陳先生一口拒絕。家人雖然憂慮，但也完全沒有將陳先生送進精神科病房的準備，在以退為進的策略下，以不留院換取陳先生同意停止工作及服用醫生處方的藥物。從陳先生過往獨斷獨行的作風來說，以上不啻是極大的讓步。醫生在評估自殺風險後，仍然建議陳先生進院治療，也提議在病人拒絕的情況下，可以在家人同意下根據香港《精神健康條例》，強迫入院接受觀察。陳先生素來是一家之主，家人無法勸服他自願留院，亦不願逆他意而行，相反，住宿大學宿舍的子女，主動提出暫時搬返家中，協助媽媽照顧爸爸，更聲言家人會協調一日二十四小時的照顧。醫生面對病人與家人的反對，幾番猶疑，終於勉為其難，讓陳先生出院，安排門診治療，更提醒家人照顧須要注意的事項。

　　出院翌日，陳先生跳樓自殺身亡。

　　一顆種子，在貧瘠的土壤下、飄搖的日子裡，茁壯成長，卻在綠樹成蔭前，倏然而止。

（二）預防自殺的策略

一九九三年，世界衛生組織提出了預防自殺的六個基本步驟，包括對精神病患者的診治、控制槍械擁有、除去煤氣中可致命的有毒氣體、將汽車廢氣除去一氧化碳、減低傳媒對自殺報道的渲染，以及控制可致命毒藥的供應。

歐洲的自殺學專家，在二〇〇四年發表報告，評定在文獻中找到的三十項防止自殺方法的效益。

二〇〇六年，世界衛生組織宣布該年的九月十日為世界預防自殺日，並提出「理解與新希望」（With Understanding, New Hope）的口號，提倡利用現有理解自殺出現的原因，轉化成預防自殺的策略。倡導工作已不止於十三年前的六項基本功夫，變成了全方位、多角度、不同層面的一系列治療、教育、政策及支援等策略。

驟眼看來，防止自殺的方法，好像五花八門，選擇極多，一計不成，還有其他選項，總不至一事無成。就以陳先生的個案為例，可以想像到的預防工作，包括精神健康教育，有效治療精神病、尤其抑鬱症，加強對企圖自殺病人的診治，提高精神科住院服務的質素及認受性，增加對家人的支援，減少家中貯存藥物，或在高樓大廈增加防護裝置，防止跳樓自殺……

可惜事後孔明、「馬後炮」式智慧，並未能阻止陳先生的自殺。像陳先生的自殺個案，在香港每天便有一兩宗，全球每分鐘不止一宗。在說得天花亂墜的預防自殺的倡議背後，在芸芸文獻中，不難找到認真、嚴肅、詳盡的專業探討，質疑各種預防自殺方法的成效。在學術交流裡，討論預防自殺，總瀰漫着一點悲觀的愁緒。

在粗略歸納自殺出現的可能機制上，專家提出了在不同層面可能有效的預防策略，圖 12.1 列舉了經常提倡討論的方法。其中數項，已在本書前面數章有所提及，這裡不再重複。綜合而言，學者對預防自殺的討論與質疑，可簡化成以下段落的介紹。有專家認為，自殺出現的原因，並非如圖 12.1 般簡單，牽涉的機制也絕不止圖 12.1 所示；在複雜而尚未完全把握自殺機制的情況下，預防自殺策略，並不容易生效。當然不明白並非是不預防的藉口，醫學上的發展，更有不少是誤打誤撞找到成功療法才倒轉過來明白致病的病理，但這類質疑，正正提醒我們，理性的預防策略是建基於對自殺的充分理解之上。

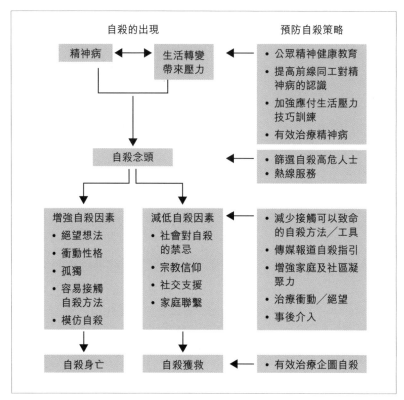

圖 12.1 預防自殺的可能策略

多做廣泛的公眾精神教育，當然是有益、有建設性的提議，可是藉此作為預防自殺策略的效益，卻遭到不少專家的質疑。就以上世紀七、八十年代，美國一時盛行的校本認識自殺課程為例，教導內容以增加青少年學生對自殺危機的認知，鼓勵年輕人對朋輩可能有的自殺行為擔當應有的理性與負責任的反應，從而驅使他／她們在遇上挫折時更願意求助。可是，問題是大部分學生並不需要這類

課程，有需要的，則是輟學、逃學及拒絕上課一族，校本課程根本接觸不了他／她們。完成課程的，除了增加知識及改變對自殺態度外，並未能成功轉化成增加求助行為或鼓勵朋輩求助，也沒有減少自殺出現的證據。更有報告反映，課程對已有自殺危機的學生，可能有負面影響。

提高專業人士對精神病的認識，主要集中在抑鬱症的範疇上。如上所述，針對全民認識抑鬱症的健康教育，在外國並沒有降低自殺率的先例。協助各前線同工認識抑鬱症、評估、及早轉介或作初步治療的策略，在世界不同地域曾作類似的嘗試，降低自殺的效果卻參差不一，相信唯一較為一致的結論，便是基層醫生更多處方抗抑鬱藥，可以減低當地的自殺率。提高前線同工對抑鬱症的認識作為預防自殺策略的前提，是自殺人士須主動求助，而接觸的網絡則必須寬廣，除醫生外，還要包括社工、老師、青少年工作者、護理人員、輔導員工、老人院助理、神職人員、人事管理員工，甚至懲教署職員，務求達到在社區上不同機構及早介入的效果。

篩選自殺高危人士的策略，一般是指篩選抑鬱症患者或懷有自殺念頭的人士，然後進行有效治療，從而達到預防自殺出現的效果。單從數字看，篩選策略，註定是成本大、效益小的大動作。自殺的罕見（全球平均每年每十萬人有十六宗自殺），註定不可以準確預測的命運；相對來說，自殺念頭卻普遍得多（每百人口約有數宗至二十之譜，視乎年齡、性別而定），只有少數有自殺念頭的人士最終自殺身亡。以現有篩選自殺高危人士的工具作為標準，一般來說，敏感度（sensitivity）接近百分之九十（即近九成自殺高危

人士被篩選工具正確確認），但獨特度（specificity）只有一半左右（亦即是一半並非自殺高危人士被錯誤地篩選為有問題一族），由於沒有自殺危機的人口要比有危機的多出數以倍計，低獨特度造成龐大篩選出來的人口並非真正高危人士。就以紐約哥倫比亞大學 David Shaffer 近期進行的研究為例，在二千名青少年篩選過程中，只有三位自殺高危人士被篩選所遺漏，卻有二百五十多位被篩選誤認，最後確定並無自殺危機。篩選自殺高危人士作為預防自殺的前提當然是為篩選出來的人士作有效治療，然而龐大的誤認人口而並不需要治療，難免造成不可負擔的資源損耗。

熱線服務（hotline service）為身在厄困、陷入情緒危機一族，提供方便、即時、全天候二十四小時輔導服務及危機處理，不記名及並非面談，也免去求助者尷尬心理，方便求助。熱線服務一般都作廣泛宣傳，不少市民都認識或聽過熱線服務。從熱線服務使用者的紀錄看，只有少數是關於自殺問題，而年齡及性別的分布，並非高危一族。在有行為情緒困擾的年輕人口調查中，發現只有少於百分之二曾利用熱線求助，比沒有困擾卻有用熱線服務的人還要少。評定熱線服務能否減少自殺的研究，從來沒有令人信服的方法與數據，比較建立熱線服務前後的自殺率，或者比較有沒有熱線服務地區的自殺率，都流於環境上的證據，並未能證明自殺率的降低是由熱線服務而起，更何況此類研究數據，多是總結自殺率跟熱線服務無關。或者從另一角度看，雖然熱線服務並沒有有效減少自殺的充分證據，但對一些不願接觸傳統服務的受困擾人士，則提供了另一求助門徑。

減少接觸可以致命的自殺方法／工具，被眾多專家認定為便宜、可行及有效的預防自殺策略。十四年前，世界衛生組織建議的六項預防自殺的基本步驟，就有四項可歸類此策略。在美國，探討擁有槍械與自殺危機的關係，更是熱門的研究項目。過去四十年，由於社會的變遷及新法例的出現，例如煤氣與汽車廢氣除去有毒氣體、舊式可致命鎮靜劑的淘汰、管制槍械、轉變止痛藥的包裝與售賣，導致某種可致命自殺方法的消失，隨之而來，使用該自殺方法的自殺率也徐徐下降，雖然研究結果並非完全一致，但大部分都找到一些短期下降的結果。利用減少接觸致命自殺方法／工具的策略來預防自殺的最大挑戰是，其他自殺方法會逐漸取代原先的方法，最後總體自殺率，並沒有下降，這個取代現象，並非偶然，更在不少地區出現，不禁令人質疑，此預防自殺策略，如果真有成效，又能否持續。

最後，不少預防自殺的策略，是針對在流行病學研究裡找到的一些高危因素，譬如說，在貧窮破落的大都會角落有較高的自殺率，其中一項相應的預防自殺策略便是重建社區，增強對社區居民的支援與凝聚。類似的預防策略，並不少見，問題在於貧窮破落的地方收容了不少孤獨無依、失業、濫藥，甚至有犯罪紀錄的破碎家庭和單身人士，這些特徵才是導致自殺的高危因素，而不是社區的破落。只針對浮在社區表面的窮困，而不改變背後的自殺高危因素，這類預防策略，並不容易有預期效果。

（三）理想與實效的鴻溝

理解自殺複雜之處在於，雖然每位自殺者最終都有同一結局——了結自己的生命，但他／她們的經歷並非一樣，塑造他／她們踏上不歸路的背後力量也有性質上與時間性的差異。流行病學對自殺的研究清楚點出，自殺雖然是單一現象，但背後卻是一系列高危因素在不同時空背景造就的結果，引申到預防自殺上，需要的是不止一項，而是針對不同高危因素、多方面、不同層次的預防策略。通往羅馬的，不止一途，阻截到羅馬的方法，也不應獨沽一味。

概念上，很多自殺的高危因素，並非獨立個體，而是互相影響，有些可能只是另外一些高危因素的後果而已，與自殺並無關係。舉例說，不少流行病學研究找到，吸煙人士的自殺率是非吸煙人士的兩倍左右，但並不表示吸煙就是自殺的高危因素，戒煙更不是預防自殺的有效策略。實情是，情緒不穩的人士傾向用吸煙減壓，而情緒不穩才是預防自殺須要針對的高危因素，戒煙與否，與自殺無關。引申到預防自殺上，策略成功與否，端繫乎對自殺現象的正確理解，確定自殺高危因素是導致自殺的機制而施予針對性與有效的治療，方能有成功的希望。不清楚對手，貿然應戰而能勝者，只是僥倖。

統計學上，要證明某種策略可以成功預防自殺，困難程度，超乎想像。一九九四年英國的流行病學專家 David Gunnell 在權威的《英國醫學期刊》（*British Medical Journal*）發表評論文章，

以企圖自殺為例，大概有百分之三在企圖自殺後的八年內自殺身亡。由此推算，假設現有一種可以成功降低企圖自殺者自殺率百分之十五的療法，要在統計學上證明此療法的功效，便需要大概四萬五千名企圖自殺者作研究之用；又假設另一療法更為有效，可以成功降低企圖自殺者自殺率百分之五十，研究仍需三千多名企圖自殺者作研究樣本。企圖自殺者，差不多是自殺的最高危一族（見本書第十一章〈處理個案的幾點建議〉），自殺身亡已非罕見，但要證明療法可以成功預防自殺仍需糾集數以千計的研究樣本，該類研究如果應用在整體人口之上，自殺更是少見的情況下，樣本之大，概可想見。我們儘管一廂情願地相信某種方法可以預防自殺，但相信與實效，卻可以是完全另一回事。

自殺就只是今天的事，今天之後，沒有明天，預防自殺的焦點在於，如何降低今天健在的高危者明天自殺的風險，面對的是充滿希望和承諾、但不確切的將來。

理解自殺，總帶點不可能的意味，可以憑藉的，並不是今天仍然在世的、可以有的切身經歷，預防自殺策略可能需要建基於並不完全理解的自殺現象之上。

現代社會處理死亡幾成醫院的專利，自殺更多是局限在新聞的範疇裡，是遠離生活的忌諱。成功的預防自殺策略，無可避免是多方位、多層次、須要觸及日常生活的具體經驗，要將自殺帶回我們的生活視線範圍之內，這樣，自殺才可以替生命賦予應有的意義。

再版

為自殺把脈

作者	何定邦醫生
總編輯	葉海旋
再版編輯	周詠茵
書籍設計	TakeEverythingEasy Design Studio
封面圖片	iStock

出版	花千樹出版有限公司
地址	九龍深水埗元州街 290–296 號 1104 室
電郵	info@arcadiapress.com.hk
網址	www.arcadiapress.com.hk

印刷	美雅印刷製本有限公司
初版	二〇〇八年一月
再版	二〇二四年七月
ISBN	978–988–8789–31–3